Vengeance à Easton Hall

KALI ANTHONY

Vengeance à Easton Hall

Traduction française de
ANNE-LAURE PRIEUR

AZUR

HARLEQUIN

Collection : Azur

Titre original :
AWOKEN BY REVENGE

HARPERCOLLINS FRANCE
83-85, boulevard Vincent-Auriol, 75646 PARIS CEDEX 13
Service Clients — www.harlequin.fr
ISBN 978-2-2805-1506-1 — ISSN 0993-4448

Édité par HarperCollins France.
Composition et mise en pages Nord Compo.
Imprimé en février 2025 par CPI Black Print (Barcelone)
en utilisant 100% d'électricité renouvelable.
Dépôt légal : mars 2025.

FSC www.fsc.org
MIXTE
Papier issu de sources responsables
FSC® C159065

Pour limiter l'empreinte environnementale de ses livres, HarperCollins France s'engage à n'utiliser que du papier fabriqué à partir de bois provenant de forêts gérées durablement et de manière responsable.

1

Louisa ajusta ses lunettes devant son dessin. Ce maudit amphibien lui donnait du fil à retordre. La consigne était pourtant simple : un sémillant crapaud coiffé d'une couronne dorée. Telle était l'illustration attendue pour le Prince Crapaud de ce conte pour enfants. Mais le sien la toisait avec un sourire narquois, bras croisés et couronne de travers. Ce sourire lui disait quelque chose... Non, décidément, elle avait beau fouiller dans sa mémoire, impossible de le remettre. Louisa soupira. Certains personnages ne se laissaient pas facilement capturer sur le papier. Ce crapaud en faisait partie. Elle ébaucha une nouvelle version, cette fois avec une cape et un clin d'œil coquin. Les crapauds de contes de fées étaient-ils censés être aguicheurs ? Sans doute pas.

— Un peu de tenue, lui lança-t-elle d'un ton réprobateur.

Elle aurait pu déchirer le croquis et le jeter à la poubelle, mais son sourire familier la retint. Elle tourna la page de son carnet. Nouvelle feuille blanche, nouvel essai. Elle finirait bien par le cerner. Il le fallait. Louisa ne manquait jamais une échéance.

Délaissant son crapaud récalcitrant, elle se plongea dans le décor de l'histoire. Une forêt verdoyante, peuplée de fées et d'animaux magiques. Là-bas, aucun cercueil ne s'enfonçait dans le sol détrempé d'un cimetière recouvert d'un tapis de perce-neige. Mae, sa grand-tante, adorait sa campagne anglaise, où elle reposerait désormais pour l'éternité. Le cœur de Louisa se serra de tristesse. Plus que jamais, elle ressentait le besoin de s'évader dans un autre monde. Un monde imaginaire. Son refuge préféré.

Elle traça à l'encre les détails des arbres sur le fond vert à l'aquarelle. La réalité s'effaça. Elle s'enfonçait dans la forêt, cheveux au vent. Excitée par les merveilleuses aventures qui l'attendaient. Son pinceau courait sur la feuille. Vert, puis bleu, car dans ce monde qu'elle avait créé, le ciel était toujours d'azur...

La sonnette de l'entrée retentit avec fracas, plus bruyante que Big Ben. Louisa sursauta. Bizarre. Elle n'attendait personne. Les employés étaient en congé. La maison, vide et silencieuse. L'idéal pour travailler. Bien sûr, il arrivait que des touristes se présentent les jours où le manoir était fermé au public. Mais un panneau sur la porte les invitait à rebrousser chemin. Easton Hall n'accueillait plus aucune visite depuis le décès de Mae. C'était clairement indiqué sur le site web. Tout le monde dans les environs le savait. Qui était assez impoli pour venir la déranger ? Elle n'avait qu'à faire comme si elle n'avait rien entendu.

Mais sa conscience la travailla. Elle imaginait l'inconnu planté devant sa porte. Son pinceau s'était immobilisé dans sa main, et de la peinture en coula, formant une large tache bleue sur la page. Retour à la réalité. Son illustration était fichue. Bon, ce n'était qu'un brouillon, pas la version finale. Elle avait le temps de la refaire. Deux choses contrariaient Louisa plus que tout : le retard dans son travail et les visites intempestives.

Nouveau coup de sonnette. Ce visiteur-là semblait déterminé à être reçu. Il n'était pas le premier. Combien de chasseurs immobiliers étaient passés depuis les funérailles de Mae pour savoir si la propriété était à vendre ? Satanés vautours ! Comme si Easton Hall était une carcasse à dépecer, et non un foyer cher à son cœur. Les ignorer était peine perdue. Leur ténacité n'avait pas d'égale. Mrs Fancutt, la gouvernante, et ses deux chiens n'étaient pas là aujourd'hui pour les refouler. Louisa était seule. C'était sa responsabilité de chasser les intrus.

« La vie vaut la peine d'être vécue, Louisa. Sois courageuse. Lance-toi. »

Les derniers mots de Mae lui firent monter les larmes aux yeux. Sa grand-tante excentrique avait eu une vie bien remplie. Elle adorait Louisa. C'était elle qui était intervenue lorsqu'un médecin avait *enfin* dénoncé les mensonges de sa mère. Elle qui lui avait offert un foyer aimant à la mort de celle-ci, juste avant le procès qui aurait fait éclater la vérité au grand jour.

Pendant des années, sa mère avait fait passer Louisa pour malade.

Mae avait veillé à ce qu'elle retourne à l'école et retrouve une vie normale. Elle l'avait emmenée voir une psychologue pour l'aider à surmonter son traumatisme. Si sa dernière volonté était qu'elle fasse preuve de courage, c'était ce qu'elle ferait. En vingt-quatre ans, elle avait affronté des démons autrement plus effrayants qu'un étranger à sa porte.

Après avoir nettoyé son pinceau, elle s'attacha les cheveux et descendit dans l'entrée. Alors qu'elle regardait par le judas, elle s'aperçut qu'elle avait oublié d'enlever ses lunettes de lecture. Tant pis. De toute façon, ce n'était que l'affaire de quelques minutes avant qu'elle se remette au travail. Le judas n'offrait qu'une vision trouble. Avec un soupir, Louisa ouvrit la lourde porte en chêne.

Un homme en costume sombre se tenait dans l'allée. Il lui tournait le dos, inspectant les lieux comme s'ils lui appartenaient. La distance le rendait flou à cause de ses lunettes. Tout ce qu'elle distinguait était une silhouette imposante et une tache noire en guise de cheveux. Le sang afflua à ses joues.

Sa posture transpirait l'autorité. Lorsque Louisa voulut parler, sa voix se bloqua dans sa gorge. Il fit volte-face et marcha vers elle, d'une démarche si fluide qu'il paraissait immatériel. Une impression démentie par le crissement de ses pas sur le gravier. Il approchait du perron. Qu'attendait-elle pour dire quelque chose ? Elle avait un mauvais pressentiment. Son instinct lui soufflait qu'il ne partirait plus jamais s'il atteignait le sommet des marches.

La voix lui revint.

— Arrêtez-vous, dit-elle avec un geste péremptoire.

Il obéit. Il était un peu plus net à présent. Un sourire lui retroussait le coin des lèvres. Un sourire familier. Et cette lueur dans le regard... Son cœur fit un salto. Il ne lui manquait qu'une cape et une couronne, et il était son Prince Crapaud devenu homme ! Comme si son dessin avait pris vie par magie. Elle aurait aimé enlever ses lunettes pour mieux le voir. Mais elle ne voulait pas qu'il croie qu'elle le lorgnait.

— Vous n'avez répondu à aucun courrier de mes avocats.

Cette voix... Suave et profonde. Cet homme pourrait lui lire l'annuaire et rendre cela érotique. Mais il avait mentionné des courriers ? De ses avocats ? C'était donc une visite d'affaires ? Il n'avait pas l'air d'un agent immobilier. Toute sa correspondance officielle était directement confiée à son propre avocat. Il est vrai que ce dernier avait parlé de prendre sa retraite. Il semblait de plus en plus dépassé par les piles de dossiers s'accumulant dans son petit bureau.

Pourtant... Cet homme la regardait comme s'il la connaissait. Comment le pourrait-il ? Ces dernières années, alors qu'elle prenait soin de Mae, elle était rarement allée plus loin que le village. S'il y vivait, elle se souviendrait de lui. Il n'était pas le genre de personne qu'on oubliait. Bien sûr, tout le monde ici la connaissait. À son arrivée, elle avait tout entendu. « Pauvre Louisa Cameron. » « Elle a perdu ses deux parents. » « Elle est trop jeune pour habiter avec une vieille dame. » Ces commérages lui faisaient peur. Elle était terrifiée à l'idée qu'on vienne l'arracher au seul endroit où elle se sentait en sécurité.

— Mon avocat gère mon courrier. Il doit être occupé.

L'inconnu haussa un sourcil.

— Occupé ? Incompétent serait plus juste. Vous étiez absente à la lecture du testament.

« Easton Hall sera toujours chez toi. » C'était ce que lui avait assuré Mae. Son avocat le lui avait confirmé. Pourquoi aurait-elle dû assister à la lecture du testament avec le reste de la famille ? Moins elle voyait les Bainbridge, mieux elle se portait. Au moindre problème, ils faisaient l'autruche. Tout ce qui était susceptible d'entacher leur réputation était balayé sous leurs luxueux tapis persans. Ils ne songeaient qu'à leur nom et à l'argent, prêts à tout pour sauver les apparences. Ceux qui étaient venus voir Mae vers la fin avaient cherché à s'attirer ses faveurs ou à la convaincre d'aller en maison de retraite « pour son bien ». Mais ils ne visaient que leur propre intérêt. Tous convoitaient le joyau de l'héritage des Bainbridge détenu par Mae : Easton Hall et ses terres. « Recompte l'argenterie », lançait-elle d'un ton railleur dès qu'ils étaient partis. Le plus triste était qu'elle n'avait pas tort. Une fois, Mrs Fancutt avait surpris l'un d'eux en train de rôder près du vaisselier.

— Ma présence n'était pas nécessaire, répondit Louisa. Je sais tout ce que j'ai besoin de savoir.

— Vraiment ?

Mae lui avait promis qu'elle n'aurait pas à s'inquiéter et elle tenait toujours parole. Mais, si cet homme était à la lecture du testament, peut-être était-il avocat, lui aussi ? Son costume impeccable lui conférait un sérieux professionnel, et pourtant... Il avait une façon de se tenir, les mains dans les poches, décontracté et sûr de lui. Comme s'il était au-dessus des autres. Les Bainbridge affichaient la même arrogance avec leur fortune, leur prestige et leur philanthropie de façade. Mais l'inconnu aux cheveux noirs et au teint mat ne ressemblait à personne de la famille. Les Bainbridge étaient aussi pâles que des vampires. Si on allait par là, elle aussi détonnait, tenant davantage de son père. Chose qu'elle appréciait aujourd'hui, après des années à entendre sa mère dénigrer ses cheveux roux, ses yeux verts et ses taches de son.

— Il faut qu'on parle, Louisa.

La voix suave de l'inconnu l'arracha à ses pensées. Il commença lentement à monter le perron. Une marche. Pause. Deux marches. Pause. Ses pas n'avaient rien d'hésitant. Chaque pause était plus une demande de permission silencieuse, de la part d'un homme qui ne demandait sans doute jamais la permission à personne, pour quoi que ce soit.

— Que faites-vous ?

— C'est évident, non ? Je préfère discuter sans avoir à lever la voix ou à communiquer avec des pots de yaourt.

Des pots de yaourt ? Drôle de référence. Un souvenir remonta à la surface, de cet été magique quand elle avait six ans. Elle passait les vacances chez Mae, car son père était cloué au lit par l'évolution de sa maladie neurodégénérative. Elle se rappelait ses courses folles dans les couloirs d'Easton Hall ou dans le parc à chasser les papillons. Un garçon passait l'été là aussi. À douze ans, il lui paraissait tellement grand et intelligent ! Un cousin, c'est ainsi que Mae le lui avait présenté. Plus tard, sa mère avait décrété qu'il n'était pas un *vrai* Bainbridge, car il avait été adopté. Comme si cela le disqualifiait. Ils jouaient tout le temps ensemble et avaient même fabriqué un téléphone avec des pots de yaourt reliés par une ficelle. Qui, à leur surprise, fonctionnait à merveille !

« J'ai vécu beaucoup d'aventures, leur avait dit Mae. À votre tour. Faites que chaque jour en soit une. »

Ses ultimes semaines de bonheur avant des années de calvaire. Mais elle avait fait le plein de merveilleux souvenirs, cet été-là. C'étaient ces aventures de vacances qu'elle avait racontées à Mae durant ses derniers mois pour la distraire. D'accord, elle avait peut-être pris quelques libertés. Mais la tristesse et la maladie occupaient une telle part de son passé… Où était le mal à exagérer un peu ? Ces souvenirs étaient un trésor qu'elle chérissait plus que tout. C'était comme si le soleil n'avait cessé de briller lors de ce dernier été d'innocence. Il n'y avait pas eu un jour qui ne soit parfait.

L'homme était maintenant à mi-chemin sur le perron. Un

étrange frisson la traversa. Il ne s'était pas présenté, alors que lui connaissait son nom. À mesure qu'il montait les marches, son image se précisait. Comme quand elle traçait à l'encre les détails de ses illustrations. Il portait un costume gris anthracite. Une chemise immaculée, aussi blanche que les perce-neige du vieux cimetière. Plus il approchait, plus il lui semblait familier...

Enfin, elle le reconnut.

Son cœur manqua un battement. Devant elle se tenait le garçon d'autrefois avec ses cheveux noirs et son teint mat, intrépide et plein de vie. Si différent de ses insipides cousins Bainbridge. Il avait bien grandi. C'était un homme aujourd'hui, grand et large d'épaules, avec des hanches étroites et des pommettes ciselées. Son regard brun, jadis pétillant d'espièglerie, était froid et distant, plus lisse que les galets qu'ils ramassaient dans le ruisseau pour faire des ricochets sur l'étang. C'était lui qui le lui avait appris. Elle avait sauté de joie quand son galet avait rebondi deux fois. Pas de quoi l'impressionner. Le sien rebondissait jusqu'à six fois. Parfois plus.

Son regard changea. La transperça, aussi menaçant que le ciel de plomb derrière lui. Un orage se préparait. Le souffle de Louisa se suspendit l'espace d'une seconde. Elle lissa sa robe froissée. Elle se sentait négligée devant lui, si élégant et sophistiqué. Pas un cheveu ne dépassait. Sa barbe de trois jours était certainement voulue. Elle doutait qu'il soit homme à omettre le moindre détail.

— Matty.

Pas Matteo. Il était Matty pour elle. Le Bainbridge adopté qui avait conquis le monde et bâti sa propre fortune, indépendamment de sa famille. Comme une insulte au nom qui ouvrait toutes les portes. Que diable faisait-il ici ? Il n'était jamais venu à Easton Hall durant les derniers mois de Mae. Ni même une seule fois depuis que Louisa y vivait. Sa grand-tante le mentionnait de temps en temps, sans manquer d'évoquer sa brillante réussite.

— Louisa.

Son nom sur ses lèvres sonnait comme une caresse. Enfant,

il l'appelait Lulu. Le surnom que lui avait donné son père. Sa mère le détestait. Elle le trouvait indigne. Louisa n'avait jamais compris quel besoin avait un surnom d'être digne.

— C... Comment vont tes parents ?

Pourquoi bégayait-elle ? C'était une question tout à fait banale. Peut-être parce qu'elle n'avait pas l'habitude de faire la conversation. Ses contacts sociaux se limitaient à raconter aux touristes l'histoire d'Easton Hall, selon un script qu'elle connaissait par cœur. Matty haussa les épaules. Un geste dont la raideur contredisait l'apparente désinvolture.

— Aucune idée. Cela fait des années que je ne les ai pas vus.

Mae l'avait effectivement laissé entendre. Louisa n'insista pas. Mieux valait éviter de s'enquérir de Felicity. Déjà enfant, elle avait senti que c'était un sujet sensible. Elle l'enviait d'avoir une sœur, elle qui était fille unique. Matty lui avait dit que sa sœur était malade, d'un ton dissuadant toute interrogation. Louisa savait ce que c'était, aussi n'en avait-elle plus jamais reparlé. Elle ne voulait pas laisser le spectre de la maladie gâcher ses vacances. Sans doute était-ce pareil pour lui.

Matty ne lui retourna pas la question. Pas par impolitesse. La dernière fois qu'elle l'avait vu, c'était à l'enterrement de son père, dix-huit mois après leur été chez Mae. Du haut de ses quatorze ans, la mine grave dans son costume sombre, il faisait déjà adulte. Mais le monde de Louisa venait de s'écrouler. Elle n'avait prêté attention à personne ce jour-là, terrassée par le chagrin.

— Que fais-tu ici ? demanda-t-elle.

Ce n'était pas une visite de courtoisie. Il ne lui avait même pas présenté ses condoléances, alors qu'elle avait passé la moitié de sa vie avec Mae. Elle n'était pas sûre d'aimer l'homme qu'il était devenu. Où était passé le garçon rieur et solaire d'autrefois ? Mais n'avait-elle pas changé, elle aussi ? Que pouvait-il bien penser d'elle ?

— Si tu avais lu les courriers de mon avocat, tu le saurais.

Sa bouche formait une ligne sévère. Aucune ride du sourire ne striait le coin de ses yeux. Il ne devait pas rire très souvent. Un homme d'affaires pur et dur, conformément au portrait brossé de lui. En réaction, Louisa se fendit d'un grand sourire. La vie était trop courte pour qu'on fasse la tête.

— Maintenant que tu es là... Veux-tu entrer boire un thé ?

— Ce serait plutôt à moi de t'inviter à entrer.

Étrange. Sa voix était glaciale. Que lui était-il arrivé pour qu'il se transforme ainsi ? Elle eut soudain envie de le toucher, juste pour sentir s'il était aussi froid qu'il en donnait l'air.

— Que veux-tu dire ?

Un sourire voltigea sur ses lèvres, sans atteindre ses yeux. Son regard restait plus dur que la pierre.

— Tu t'adresses au nouveau propriétaire d'Easton Hall.

2

— Quoi ? Non !

Matteo abhorrait la dissimulation. Il connaissait trop les ravages du mensonge par omission. Il n'édulcorait rien et tenait toujours ses promesses. En affaires comme en privé, il était connu pour deux choses : son honnêteté et son intransigeance.

Il contempla la jeune femme, cramponnée à la porte en chêne comme si elle seule la maintenait debout. Ses doigts étaient fins et pâles, crispés sur le bois ancien. Dans sa longue robe blanche, elle semblait tout droit surgie d'une autre époque. Une de ces muses échappée d'un tableau préraphaélite. Son épaisse chevelure rousse était nouée en queue-de-cheval, dont avaient glissé quelques mèches qui bouclaient autour de son visage en forme de cœur. Des taches de rousseur parsemaient son teint d'albâtre, plus claires que dans son souvenir de leur été d'enfance.

Mais elle n'était plus une enfant. En toute objectivité, elle était devenue une magnifique jeune femme. Matteo ne put s'empêcher de l'admirer. Il se ressaisit. Une telle attirance était malvenue, alors qu'il s'apprêtait à l'expulser…

Non, pas l'expulser. L'inviter poliment à quitter les lieux, avec une belle compensation à la clé. Si savoureuse serait sa victoire ! Le Bainbridge adopté et dédaigné, héritant du joyau familial convoité de tous : Easton Hall. Il en rêvait depuis ses dix-neuf ans, lorsqu'il avait enfin coupé le cordon avec cette famille dont le sang ne coulait pas dans ses veines. Une famille qui avait renié son fils adoptif au profit de son enfant biologique.

Ceux qui se considéraient comme de « purs » Bainbridge s'y opposeraient. Matteo les attendait de pied ferme. La famille était loin d'être blanche comme neige, à en croire son enquête en sous-main sur leurs activités caritatives. Ils avaient beaucoup plus à perdre que lui. Aucun ne lui arrivait à la cheville. Cela n'avait pas empêché les murmures de protestation à la lecture du testament. On s'était offusqué de sa nomination comme exécuteur testamentaire alors qu'il n'était pas un vrai Bainbridge. D'autres étaient bien plus qualifiés que lui. Et quel droit avait-il sur la fortune familiale ?

Qu'ils aillent tous au diable !

Ce jour-là il s'était juré que, si la propriété lui revenait, aucun membre de cette maudite famille n'y remettrait jamais les pieds. Ils l'auraient perdue pour de bon. Plus rien ne se dressait entre lui et sa victoire. Excepté la femme qui le fixait en silence.

— Comptes-tu me faire entrer ? demanda-t-il.

Ils devaient discuter de la situation. Le manoir tombait en ruine. Mae avait évoqué ses inquiétudes sur le coût des travaux spécialisés nécessaires pour lui rendre son ancienne gloire. La famille était riche en actifs, mais pauvre en liquidités, comme la plupart de celles dont l'histoire et la fortune remontaient à aussi loin que les terres sur lesquelles s'élevaient leurs demeures. Mae avait refusé son aide de son vivant. Après son décès, Matteo avait envoyé un ingénieur des structures afin d'évaluer l'état général de la propriété. Mais l'expert avait dû fuir la maison, chassé par les menaces d'une véritable harpie, selon ses dires.

— Easton Hall est chez moi.

La jeune femme enleva ses lunettes et planta les yeux dans les siens. Ces yeux qui le fascinaient déjà à douze ans, du même vert que la mousse fraîche le long du ruisseau traversant la propriété. Tous ses souvenirs d'elle dataient de cette époque. Elle était cette gamine plus jeune que lui, un peu agaçante parfois, mais une formidable compagne de jeux pour le garçon délaissé qu'il était, relégué en pensionnat. Sans réels famille ni amis. Seuls quelques camarades l'invitaient chez eux lors de certaines vacances. Leurs parents avaient pitié de lui à cause de sa sœur malade. Ce qu'ils ignoraient, et que lui-même avait fini par comprendre, était que ses parents auraient préféré que ce soit *lui* qui tombe malade. L'enfant adopté, pas leur fille biologique chérie.

Son été ici chez Mae, dans cette vieille demeure délabrée, avait été sa seule parenthèse heureuse. Pas ou peu de règles. Juste deux gamins libres de courir dans la nature, à attraper des grenouilles et affronter des dragons imaginaires. Libres d'être les enfants qu'ils n'avaient pas le droit d'être chez eux, entourés de problèmes d'adultes comme la maladie et la mort.

Mais ressasser le passé ne servait à rien. Ce n'était pas en étant sentimental qu'il était devenu un multimilliardaire respecté à la tête d'un impressionnant portefeuille immobilier, composé d'hôtels et retraites de luxe pour les amateurs d'intimité tout confort. Son monde était celui des affaires, où il n'avait aucun égal. Les sentiments n'y avaient pas leur place.

— Je comprends que ce soit un choc. Mes condoléances.

Il s'efforçait d'être conciliant. Il avait besoin de sa coopération. D'un certain côté, il se sentait sincèrement désolé pour Louisa. Elle vivait avec Mae depuis l'enfance. Après avoir pris soin d'elle ces douze derniers mois, elle s'attendait sans doute à hériter du domaine.

« Elle a besoin d'être protégée, Matteo. Promets-moi que tu le feras. »

La requête de Mae lors de leur dernière conversation. Il avait donné sa parole sans réfléchir. Cela semblait important pour elle. Qui était-il pour dénier à une vieille dame sa dernière volonté ? Ce n'est qu'aujourd'hui qu'il mesurait les ramifications de cette promesse sur ses projets pour Easton Hall.

— Mes condoléances aussi, dit Louisa. Tu n'étais pas aux funérailles…

Il soutint son regard réprobateur sans ciller. Il n'était pas un lâche. *Oh ! vraiment ?* Son portable pesait comme du plomb dans sa poche. Les messages de sa sœur, auxquels il n'avait pas répondu, le narguaient. Il ignora la sensation. Il avait été occupé par sa dernière acquisition à Bali, c'est tout. Il était très pris, elle le savait.

— J'étais en Asie pour affaires. J'ai appris la nouvelle trop tard pour rentrer à temps.

Mae aurait compris. Elle comprenait toujours. Elle lui écrivait des lettres et lui envoyait une carte sans faute à chaque anniversaire. Il leur arrivait aussi de discuter au téléphone. D'Easton Hall. De ses intérêts financiers. De Louisa et de son talent d'illustratrice de livres pour enfants. Elle était un peu la fille qu'elle n'avait jamais eue, lui avait confié Mae. Puis il y avait eu ce dernier appel... Ce n'est qu'après sa mort qu'il avait compris qu'elle lui faisait ses adieux. Un appel émouvant, où elle lui avait dit combien elle était fière de lui, avant de lui soutirer cette promesse qu'il commençait déjà à regretter.

« Elle a besoin d'être protégée. »

De quelle façon, Mae avait laissé cela à son appréciation. Il était plus en mesure de respecter sa volonté maintenant qu'il ne l'avait été de son vivant. Elle pouvait se montrer si bornée, parfois ! Bien que frustré par son attitude, il admirait aussi sa force de caractère. Reprendre le domaine après la mort de son mari était du jamais-vu ou presque à l'époque. La tradition voulait que le grand-oncle Gerald lègue Easton Hall au plus proche héritier mâle, et non à son épouse.

Matteo étudia la jeune femme sur le seuil de sa nouvelle propriété. Fragile. Innocente. Elle avait effectivement l'air d'avoir besoin d'être protégée. Le monde était cruel et sans pitié. Il ne pardonnait aucune faiblesse. Comment Louisa s'en sortirait-elle sans Mae ?

— Felicity est venue, dit-elle.

Matteo s'arracha à ses pensées. Felicity n'avait jamais rencontré Mae. Que faisait-elle à son enterrement ?

— Content qu'elle ait pu être là.

Des mots prononcés du bout des lèvres. Louisa l'observa avec attention. Il avait la nette impression qu'elle le jugeait.

— Elle semblait en forme.

Tout le monde dans la famille connaissait l'histoire de Felicity, ou Flick comme elle était surnommée. L'enfant surprise arrivée sur le tard. Un miracle inespéré. Puis étaient venus la maladie et le diagnostic : leucémie. Sa rémission, suivie de son apparente guérison, était louée comme un nouveau miracle.

— Oui. C'est ce que j'ai entendu dire.

— C'est ta sœur. Tu ne sais pas comment elle va ?

La question suintait le reproche. Louisa n'avait pas de frères et sœurs. Comment pourrait-elle comprendre ? Felicity et lui n'évoquaient jamais sa santé. Cinq ans plus tôt, elle avait repris contact avec lui le jour de son anniversaire. Depuis, leur relation se limitait à cela. Ils s'envoyaient quelques messages de temps en temps. S'appelaient aux anniversaires et à Noël. Cela leur suffisait.

— On voyage tous les deux beaucoup. On a peu l'occasion de se parler.

Louisa avait le don de rouvrir de vieilles blessures mal cicatrisées. Il devait à présent aborder la vraie raison de sa venue.

— Mais j'ai tout mon temps, aujourd'hui. Inutile de temporiser. Il y a des choses dont nous devons discuter.

Louisa se mordit la lèvre.

— On m'avait dit que je serais toujours chez moi ici…

Il aurait compati s'il en avait été capable. Mais cette personne-là n'existait plus, endurcie par une longue succession de désillusions. Aimer, compatir, s'attacher… Rien de tout cela n'avait d'importance. Les gens n'étaient pas censés être jetables. Mais lui, par deux fois, avait été rejeté. Par sa mère biologique, qui l'avait abandonné sur le seuil d'un hôpital. Puis par ses parents adoptifs, qui l'avaient délaissé à la seconde où leur était née une enfant de leur sang. Les liens du sang l'emportaient toujours. Du moins dans cette famille.

Les Bainbridge n'avaient que faire de lui. Jusqu'à ce qu'il devienne riche et influent. *Alors* ils l'avaient revendiqué comme l'un des leurs, lui qui ne cachait pas son mépris pour eux. Il aurait changé son nom s'il avait su qui il était. Mais ses recherches avaient été infructueuses. Même son test ADN généalogique, son dernier espoir de retrouver sa famille biologique, n'avait donné aucune piste, si ce n'est sur ses origines italiennes. Ce qui expliquait son teint et son prénom. Rien de plus.

Il était réellement seul au monde.

— Tu ne manqueras de rien, assura-t-il.

Il l'avait promis à Mae et tenait toujours parole. Louisa se rangerait à la raison. Il veillerait à ce qu'elle reçoive une généreuse compensation. Avec un compte en banque bien fourni, elle pourrait réaliser tous ses rêves. Voyager. S'acheter sa propre maison. Se couvrir de bijoux. C'était tout ce qui intéressait les gens… Sa fortune. Personne ne l'avait jamais détrompé. Pourquoi serait-elle différente des autres ?

Un étau étreignait la poitrine de Louisa. Elle refusait de croire ce que Matty lui disait. Ce ne pouvait pas être vrai… Mais quelle raison aurait-il de mentir ? Une voix insistante dans sa tête l'avertissait que, si elle le laissait entrer, elle perdrait le seul endroit où elle s'était jamais sentie chez elle. En sécurité. La même qui lui avait soufflé, des années plus tôt, qu'elle n'était pas vraiment malade. Que c'était sa mère qui lui faisait du mal sous couvert de prendre soin d'elle. La voix qui l'avait poussée à se rebeller, car les médecins, avec leurs médicaments, leurs aiguilles et leurs examens, ne lui permettraient jamais d'aller mieux. Cette voix lui avait sauvé la vie.

Mais c'était Matty…

Elle leva les yeux vers lui. Il était si grand et charismatique, et séduisant…

Non. Qu'est-ce qui lui prenait de penser cela ? Il était venu la jeter dehors ! Il n'était plus Matty, mais la version adulte du garçon d'autrefois. Matteo Bainbridge, arrogant et sûr de lui, irradiant une sorte de mépris hautain pour tout ce qui l'entourait. Alors d'où venait ce frisson le long de son échine ? Elle préférait ne pas le savoir.

Mae ne recevait plus depuis longtemps, mais elle lui avait appris à être polie et à se comporter en parfaite hôtesse. Si Matteo s'était présenté à Easton Hall du vivant de Mae, cette dernière l'aurait accueilli à bras ouverts. Louisa en était certaine. Elle n'avait d'autre choix que d'en faire autant.

Se retenant de lui claquer la porte au nez, elle lâcha le battant et recula. S'il était effectivement le nouveau propriétaire, la moindre des choses était d'écouter ce qu'il avait à dire.

— D'accord. Entre, grommela-t-elle.

Ses talents de « parfaite hôtesse » laissaient à désirer. Un sourire incurva les lèvres de Matteo. Le même sourire satisfait que son Prince Crapaud.

— Merci.

Il s'exécuta d'une démarche nonchalante, comme s'il était déjà chez lui. Le tapis élimé reçut un regard critique. Il examinait l'endroit avec l'air d'en traquer les moindres défauts plutôt que d'en admirer les qualités.

— Allons à la cuisine.

Il ne la suivait pas. Un homme de sa trempe ne suivait personne. Il marchait à ses côtés, en s'obligeant visiblement à ralentir le pas pour rester à sa hauteur.

— Où est Mrs Fancutt ? Peut-être pourrait-elle m'expliquer pourquoi elle a chassé mon ingénieur des structures.

Louisa manqua de trébucher. Elle ne voulait pas attirer d'ennuis à Mrs Fancutt. Elle était gouvernante à Easton Hall depuis de nombreuses années. Même si Matteo était le nouveau propriétaire, elle méritait de garder sa place.

— Elle n'a rien fait de tel, répliqua-t-elle.

— Alors elle n'a pas lâché ses chiens sur lui après l'avoir intimidé avec des mousquets ?

Le rouge lui monta aux joues. Peut-être... Mais plutôt mourir que de l'admettre.

— Mrs Fancutt possède deux loulous de Poméranie. Pas très agressifs, comme chiens.

Le visiteur l'ignorait sans doute.

— Et elle ne l'a pas « intimidé » avec des mousquets, continua-t-elle. Seulement invité à inspecter l'armurerie, où elle avait repéré des traces d'humidité. Ton ingénieur est trop sensible. Je n'ose imaginer sa réaction s'il était tombé sur une poutre pourrie.

— Tu es donc au courant, commenta Matteo.

Était-ce un reproche ? La belle affaire.

— Quoi de plus normal ? C'est ma responsabilité d'éconduire les intrus.

— Ce n'était pas un intrus. Il avait ma permission.

— Pas la mienne.

— Que vas-tu faire ? Lâcher les loulous de Poméranie sur moi ?

— Mrs Fancutt est en congé, répondit-elle. Je lui passerai le bonjour et caresserai Binky et Bess de ta part.

Mais aurait-elle encore sa place ici, après aujourd'hui ? Une profonde tristesse la submergea. À la mort de son père, son univers entier s'était effondré. Mae partie à son tour, le vide dans son cœur s'était encore agrandi. Tous les gens qu'elle aimait, avec qui elle se sentait en sécurité, la quittaient les uns après les autres.

— Peut-être devrais-je préparer le thé moi-même ?

Louisa secoua son apathie. Il essayait déjà de prendre le contrôle, à peine entré dans cette maison qui était la sienne depuis douze ans.

— Inutile. Je m'en occupe.

Elle se remit en marche, consciente des regards en coin de

Matteo. À l'affût du moment où elle craquerait ? Il pouvait toujours attendre. Comme le roseau, elle pliait mais ne rompait pas.

La cuisine était silencieuse en ce jour de congé du personnel. Louisa adorait ses briques apparentes, son sol en pierre patiné et son grand fourneau. Une pièce presque magique pour elle, enfant. Elle y trouvait toujours à manger quand elle avait faim, après avoir été sous-alimentée par sa mère pendant des années.

« Tu es allergique à beaucoup d'aliments, Louisa. »

C'était faux. Elle n'était allergique à rien du tout. Sa mère l'affamait volontairement afin qu'elle reste faible et paraisse aussi malade qu'elle le prétendait. Pourquoi ces souvenirs l'assaillaient-ils maintenant ? Elle n'aimait pas ressasser son enfance. Toute cette souffrance et toutes ces privations... Elle avait laissé le passé derrière elle pour se tourner uniquement vers l'avenir.

Elle posa ses lunettes sur l'îlot et prépara le thé dans sa théière jaune préférée, puis le servit dans deux tasses et plaça l'ensemble sur un plateau. Le tout en s'efforçant d'ignorer le picotement sur sa nuque. Les yeux bruns de Matteo ne la quittaient pas.

— De quoi voulais-tu discuter ? s'enquit-elle en posant le plateau sur la table.

Ils s'assirent tous les deux. Matteo prit une tasse, engloutie par sa large main. Il la scrutait comme il aurait étudié un insecte au microscope. La sensation était déplaisante. Il but une gorgée. Nature. Sans sucre.

— Je m'étonne que tu en saches si peu sur le testament de Mae.

La critique sous-jacente la blessa. Elle n'en laissa rien paraître. Sa mère avait été experte en la matière.

— Quand je suis venue vivre chez Mae, elle m'a promis qu'Easton Hall serait toujours chez moi, répéta-t-elle. Après sa mort, mon avocat m'a confirmé que je n'aurais jamais à partir. J'avais confiance en Mae et je l'ai crue, aussi étonnant que cela puisse te paraître.

Matteo regarda autour de lui, avec l'air de faire l'inventaire de son nouveau bien. Que voyait-il ? Un foyer chaleureux, comme elle ? Ou l'état dans lequel se trouvait la maison ? Le fourneau en grand besoin d'être restauré, le robinet qui coulait...

Son regard incisif revint sur elle.

— En plus d'hériter d'Easton Hall et de son contenu, j'ai été nommé exécuteur testamentaire. Mae a légué une partie de son argent à diverses œuvres de charité. Le reste te revient, ainsi que ses bijoux et effets personnels.

— Et où vivrai-je ?

Un muscle de sa mâchoire tressaillit. Il joignit les mains sur la table. Ses boutons de manchette étincelaient contre sa peau hâlée.

— C'est de cela que nous devons discuter. Le testament de Mae t'accorde le droit de résider à Easton Hall aussi longtemps que tu le souhaites, tant que le manoir constitue ta résidence principale...

Le soulagement envahit Louisa. Elle ferma les yeux pour contenir ses larmes. Elle pouvait rester. Elle n'avait pas à partir. Ses épaules se relâchèrent. Elle ne s'était pas rendu compte à quel point elle était tendue depuis que Matty était apparu sur le pas de sa porte.

— Ou jusqu'à ce que tu te maries.

Elle, se marier ? Louisa secoua la tête. Bien sûr, c'était ce que Mae espérait. Et elle devait admettre que la notion l'intriguait, l'aspect physique en particulier, depuis qu'elle était tombée sur de vieux livres reliés cuir dans un recoin de la bibliothèque. Une collection de gravures érotiques qu'elle n'avait pu s'empêcher de feuilleter. Sur l'une d'elles, la femme arborait clairement une robe de mariée.

Matteo porta sa tasse à ses lèvres et but une nouvelle gorgée. Louisa, fascinée, suivit des yeux le mouvement de sa pomme d'Adam.

— Qu'as-tu contre le mariage ? demanda-t-il.

Se marier nécessitait de trouver l'homme de sa vie. Louisa mettait à peine les pieds au village. Où rencontrerait-elle quelqu'un ? Et elle ne parlait même pas de tomber amoureuse.

L'amour était source de souffrance. Elle était bien placée pour connaître le mal commis en son nom. Quel intérêt ?

— Je laisse cela à ceux que ça intéresse. Comme toi, apparemment.

Ce fut au tour de Matteo de secouer la tête.

— Je voyage trop pour me ranger. Tu es jeune. Peut-être n'es-tu pas intéressée pour l'instant, mais cela viendra.

— Tu n'as que six ans de plus que moi, répliqua-t-elle.

— J'ai quitté la maison adolescent. Je suis parti de rien pour construire mon propre empire hôtelier, tandis que toi...

— Moi quoi ?

Il promena le regard sur elle. Sur sa robe blanche en coton ourlée de dentelle. L'une de ses préférées parmi celles dénichées dans un vieux coffre au grenier, des années plus tôt. Elles appartenaient à une ancêtre des Bainbridge ayant vécu au début du XIXe siècle, lui avait-on dit. Ses tenues rencontraient un franc succès auprès des touristes lors des visites guidées du manoir. Ils croyaient qu'elle se costumait pour le rôle, sans savoir que c'était simplement ce qu'elle aimait porter. Elle était indifférente à ce qu'on pensait d'elle.

— Tu as passé l'essentiel de ta vie à prendre soin d'une vieille dame, termina Matteo.

Il disait cela comme si c'était répréhensible.

— Tu ne te demandes pas pourquoi ?

Le tour personnel que prenait la conversation parut l'ennuyer.

— Nous parlons de propriété, Louisa. Qu'est-ce que le reste a à voir là-dedans ?

Ce qu'elle avait subi était resté secret. Le grand public n'était pas au courant des accusations contre sa mère. La famille Bainbridge y avait veillé. Puis sa mère était morte d'une crise cardiaque avant que la presse ait vent du scandale. À quoi bon révéler la vérité maintenant ? Une version abrégée suffisait.

— Mae m'a recueillie quand je suis devenue orpheline.

Sans quoi, elle aurait fini en famille d'accueil. Les Bainbridge ne se souciaient nullement de sa situation. Son père, enfant unique, n'avait aucune famille qui puisse la prendre en charge.

— Les Bainbridge ne s'intéressent qu'à leur nom, reprit-elle. Tout ce qui comptait pour eux était ce que Mae pouvait leur apporter. Mais elle m'a donné bien plus qu'un confort matériel. J'ai trouvé auprès d'elle un foyer stable et aimant. N'était-ce pas la moindre des choses que je m'occupe d'elle ?

Mae, déjà âgée, avait sacrifié des années de sa vie pour l'élever, plus une mère pour elle que la sienne ne l'avait jamais été. Elle l'avait fait suivre par une psychologue afin de l'aider à surmonter la perte de son père et les mauvais traitements de sa mère. Louisa lui devait tellement ! Elle aurait fait n'importe quoi pour la remercier.

— Maintenant que tu as du temps libre, tu dois vouloir en profiter, dit Matteo. J'ai une proposition à te faire.

Toute son enfance, on lui avait imposé ce qui était bon pour elle. Sa mère était si belle et vulnérable. Les médecins, le plus souvent des hommes, la croyaient quand elle affirmait que sa fille unique souffrait d'une grave maladie. Pendant des années, personne n'avait écouté Louisa. Elle s'était lassée de parler dans le vide. Aujourd'hui encore, elle peinait à se faire entendre.

— Une proposition ? répéta-t-elle.

Sa voix était trop douce. Trop basse. Elle s'estimait déjà heureuse de réussir à parler.

— Je veux Easton Hall pour moi seul. Je suis prêt à t'offrir un dédommagement substantiel pour que tu renonces à ton droit de résidence.

Louisa crut avoir mal entendu. Si elle consentait à cela...

— Et moi, où habiterai-je ?

— Où tu veux.

L'étau autour de sa poitrine réapparut. Easton Hall était le seul endroit où elle se sentait en sécurité. C'était tout ce qui lui restait. Mae lui avait promis qu'elle y serait toujours chez elle, et Louisa l'avait crue. Elle n'avait nulle part ailleurs où aller. Comment pourrait-elle partir ?

— Tu ne comprends pas. C'est ma maison, ici.

— C'est une vieille bâtisse qui a besoin d'être restaurée. Mae l'a trop longtemps négligée. Laisse-moi te faire une offre.

Son sourire, cette fois, se reflétait dans ses yeux. Un sourire charmeur à faire tourner les têtes. Il sortit de la poche intérieure de sa veste un papier plié en deux, qu'il fit glisser vers elle sur la table. Louisa le déplia. Il s'agissait d'un document officiel stipulant qu'elle renonçait au droit accordé par Mae dans son testament en échange d'une certaine somme. Son pouls s'accéléra. Tous ces zéros ! Elle n'en avait jamais vu autant de sa vie. C'était le genre d'offre qui ne se refusait pas... Si l'argent était tout ce à quoi on s'intéressait.

— Pourquoi veux-tu Easton Hall à ce point ? questionna-t-elle. C'est une offre extrêmement généreuse. Est-ce vraiment une bonne affaire pour toi ?

— En quoi cela te concerne-t-il, du moment que tu l'acceptes ?

Elle sut, à cet instant, qu'il ne pourrait jamais comprendre ce que cet endroit représentait pour elle.

— Un homme comme toi doit posséder des propriétés dans le monde entier, insista-t-elle. Pourquoi celle-ci ?

Matteo haussa les épaules, tout en la jaugeant du regard.

— Son potentiel sera exploité à bon escient. Ma société, Arcadia, en fera un luxueux hôtel de charme.

Un hôtel ? Louisa balaya des yeux la vieille cuisine qui avait nourri tant de familles au fil des siècles. Elle songea à Mrs Fancutt, gouvernante et cuisinière ici depuis qu'elle avait commencé à travailler. À tout le personnel qui contribuait à faire tourner la maison. Des générations d'employés s'étaient succédé entre ses murs. Si Easton Hall devenait un « hôtel de charme »...

— Et le personnel ? Sera-t-il exploité à bon escient, lui aussi ?

— Tous ont déjà un certain âge. Ils bénéficieront d'une retraite confortable qui ne pourra que les satisfaire, répondit Matteo.

— Leur as-tu posé la question ?

— Pardon ?

— Leur as-tu demandé s'ils étaient d'accord ? Comment sais-tu que ta proposition les satisfera ?

Que savait-il des soirées passées autour de la vieille table à jouer au crib et autres jeux de cartes avec Mae ? À parier des cure-dents comme s'il s'agissait de lingots d'or ? Jamais il ne comprendrait que c'était plus qu'un emploi, pour eux. Tous avaient pleuré aux funérailles de Mae. Leur peine était profonde. Et tous avaient choisi de rester avec elle. Ce n'était pas seulement *sa* maison. C'était la leur aussi.

Elle secoua la tête.

— Non, merci.

— Comment cela, « non, merci » ?

Louisa replia le document et le lui rendit. Il n'était pas une tentation pour elle.

— Merci pour ton offre. Mais je ne vais nulle part.

Le changement fut instantané. Son regard se durcit. Le brun chaud de ses yeux devint glacial. Comment avait-elle pu entrevoir en lui le garçon d'autrefois ? Ces souvenirs avec lesquels elle avait diverti Mae durant ses derniers mois appartenaient au passé. L'homme devant elle était dénué de sentiments. Il ne pensait qu'au profit.

— Je suis prêt à ajouter cent mille.

Cent mille ! Quel genre de personne jetait ainsi son argent par les fenêtres ?

— Si Mae t'entendait, elle se retournerait dans sa tombe, lâcha-t-elle.

Il se leva et plaqua les deux mains sur la table.

— Elle savait exactement ce que j'étais, répliqua-t-il. Pose-toi la question. Pourquoi ne t'a-t-elle pas légué la propriété ? À toi qui as sacrifié les plus belles années de ta vie pour t'occuper d'elle ? Ne méritais-tu pas quelque chose en retour ? Ce doit être un choc pour toi de ne pas avoir été nommée exécutrice. C'est à moi que Mae a légué Easton Hall. Elle a comparé mon expérience et mes ressources aux tiennes et pris sa décision. Elle savait que tu n'avais pas les épaules. Voilà pourquoi je suis là. Ne vois-tu pas que je te rends service ?

Chaque mot était une flèche empoisonnée lui transperçant le cœur. Louisa croyait connaître Mae. Cherchait-il à salir ses souvenirs d'elle ? Non, il ne comprenait pas. Il allait prendre Easton Hall et lui enlever son âme. Détruire tout ce qu'elle aimait. Elle ne pouvait pas le laisser faire.

Elle se leva à son tour en lissant sa robe. Ses mains tremblaient. Le laisser entrer avait été une erreur. Elle l'avait sous-estimé. Cela n'arriverait plus.

— Merci pour ton offre, répéta-t-elle. Tu peux t'en aller. J'en ai assez entendu.

— Tu te trompes, Louisa.

Cette façon de prononcer son nom... Comme s'il se moquait d'elle. Elle serra les dents.

— En quoi est-ce que je me trompe ?

— Je ne vais nulle part. La maison m'appartient. Je m'installe ici.

Il croisa les bras sur son torse. Au loin, le tonnerre gronda.

— Aujourd'hui même.

3

Matteo fut réveillé par le vent hurlant au-dehors. Une pluie battante frappait les carreaux. Easton Hall avait beau être en pierre, la maison entière semblait trembler sous l'assaut de la tempête.

Il s'était installé dans la chambre d'amis qu'il avait occupée enfant, l'été de ses douze ans, sous le regard assassin de Louisa. Des déménageurs étaient passés déposer son matériel informatique. Si elle refusait de s'en aller, elle devrait s'habituer à sa présence. Il ne possédait pas de maison au Royaume-Uni. Lorsqu'il y venait, il logeait dans un de ses hôtels. Easton Hall ferait l'affaire pour cette fois. Il en profiterait pour évaluer l'état du manoir, tout en travaillant Louisa au corps. Il avait tout le temps devant lui pour ce projet.

Matteo ferma les yeux. Mais trop d'idées se bousculaient dans sa tête sur la façon de transformer cette propriété en joyau de son empire hôtelier, en recréant cette expérience d'authentique manoir anglais si prisée de sa clientèle. Abandonnant tout espoir de se rendormir, il alluma sa lampe de chevet. La chambre s'éclaira d'une faible lumière, qui vacillait à chaque coup de tonnerre. Matteo attrapa son téléphone et nota de faire vérifier par l'ingénieur, avec qui il avait repris rendez-vous, le dispositif de protection contre la foudre. S'il y en avait un.

Un bras derrière la nuque, il entreprit de lire ses mails. L'un d'eux était le rapport de son directeur général concernant une propriété prometteuse en Espagne. Une lumière bleutée se mit à clignoter derrière la fenêtre. Il l'ignora. Soudain, un cri perçant fendit l'obscurité. Cette fois, il se redressa comme un ressort. Qu'est-ce que c'était ? Un glapissement de renarde en chaleur ? Ce n'était pas la saison. Il tendit l'oreille. Difficile d'entendre quoi que ce soit dans le vacarme de la tempête. Pour finir, il se leva, en simple boxer, et s'approcha de la fenêtre. La lumière bleue provenait d'un véhicule d'urgence, semblait-il. Un accident ? Un arbre effondré sur la route ? Tout était possible par ce temps.

Un éclair aveuglant zébra le ciel, immédiatement suivi par un craquement assourdissant. La lumière s'éteignit. Matteo agrippa le rebord de la fenêtre. Il aimait les orages. Le pouvoir de la nature le fascinait. Mais il était clair que la foudre n'était pas tombée loin. Un silence sinistre s'abattit sur Easton Hall, seulement troublé par le rugissement du vent à l'extérieur. D'étranges grincements lui parvinrent, comme si le manoir lui-même se lamentait. Un mauvais pressentiment le saisit.

Il alluma la lampe torche de son téléphone et sortit dans le couloir. Un faible crépitement se faisait entendre derrière le tumulte de la tempête. Une odeur désagréable flottait dans l'air, de plastique brûlé. Et de la fumée... Un incendie ?

Louisa.

Sans réfléchir, il s'élança dans le couloir. La lampe de son portable tremblait dans l'obscurité. L'odeur de plus en plus âcre le faisait tousser. Un court-circuit électrique ? Il n'y avait pas de flammes. Alors dans le plafond ? Ils devaient sortir au plus vite.

— Louisa !

Matteo possédait assez d'hôtels pour s'y connaître en sécurité incendie. Ces vieilles bâtisses avec leur bois ancien étaient de véritables poudrières. Si un feu s'y déclarait, elles s'enflammaient comme une torche en quelques minutes.

— *Louisa !*

L'air froid mordait sa peau nue. Les tapis usés lui râpaient les pieds. Où était la chambre de Louisa ? *Essaie de te souvenir !*

Il tambourina à une porte en chêne familière. La jeune femme dormait-elle ? Ou était-elle ailleurs dans la maison ?

La porte s'entrouvrit. Une silhouette en blanc apparut, une main levée contre la lampe de son téléphone.

— Matty ? Que se passe-t-il ?

Elle toussa. La fumée s'épaississait.

— La foudre. Il faut sortir tout de suite.

Elle se figea, les doigts crispés sur la porte. Comme paralysée.

— Dépêche-toi, lança-t-il avec impatience.

Mais elle continuait à le fixer sans bouger, ses yeux verts agrandis par la peur.

— Prends ma main, Louisa.

Le vent continuait à secouer la maison. Matteo s'obligeait à respirer calmement. Louisa tendit la main vers la sienne, hésita, la retira.

— Je n'ai pas... Mes affaires... Mon travail... Je ne peux pas.

— Nous n'avons pas le choix.

Une alarme stridente se déclencha. La jeune femme se boucha les oreilles des deux mains.

Ils perdaient trop de temps. Matteo s'avança et la souleva d'autorité dans ses bras. Elle se laissa faire sans lutter, poupée de chiffon contre lui. Son téléphone dans une main pour éclairer le passage, il se mit en marche, en se baissant le plus possible pour rester près du sol. La fumée obscurcissait le couloir et les faisait tousser tous les deux. Un craquement sourd retentit. Un morceau de charpente qui s'effondrait ? Louisa tressaillit dans ses bras. Il resserra son étreinte autour d'elle.

— Tout ira bien, assura-t-il.

Il tenait toujours parole. Par miracle, il finit par trouver l'escalier, qu'il dévala quatre à quatre, avant de courir vers la porte d'entrée. Des voix lui parvenaient, de plus en plus distinctes.

— Nous allons bien, lança-t-il alors que le rai d'une lampe torche s'arrêtait sur eux.

— Des blessés ?

Matteo fit non de la tête, escorté vers la porte par les pompiers.

— Il manque quelqu'un ? demanda l'un d'eux.

Des gouttes d'eau scintillaient sur son uniforme. Matteo serra Louisa contre lui.

— En plus de nous, il y a des employés qui vivent ici, annonça-t-il. C'était leur jour de congé. J'ignore s'ils ont réussi à sortir.

— Ils semblent être tous là, répondit le pompier. Vous vérifierez après vous être fait examiner par l'équipe de secours.

Matteo acquiesça. Un stroboscope de lumières bleues l'accueillit dehors. Fouetté par le vent glacial, il avait oublié qu'il n'était qu'en boxer. Le corps de Louisa contre le sien l'avait réchauffé, tout en l'aidant à garder son sang-froid au plus fort du danger.

Autour d'eux, les secours s'affairaient. Ils furent conduits vers une ambulance. Les graviers égratignaient ses pieds nus. On lui demanda leurs noms, puis on l'enveloppa dans une couverture. Matteo se sépara de Louisa à contrecœur. La chaleur de son corps lui manquait. L'adrénaline pulsant dans ses veines commençait à retomber.

Les flammes léchaient le toit, rougeoyantes sur le ciel nocturne. D'épais tuyaux furent déployés, leurs puissants jets d'eau lancés à l'assaut de l'incendie. Cela courait et criait de tous côtés. Le feu s'atténuait, mourait, seulement pour se ranimer ailleurs, dans une bataille féroce de l'homme contre les éléments.

Matteo se sentait redevenir maître de lui-même. Il regarda Louisa étendue sur un brancard. S'il n'avait pas été réveillé. Si l'alarme ne s'était pas déclenchée. Si les secours n'avaient pas été à proximité. Si lui-même n'avait pas été là, et que Louisa avait été seule dans la maison...

Ça suffit !

Une quinte de toux la secoua. Elle semblait incapable de répondre aux questions des secours.

— Nous avons inhalé de la fumée, dit-il à sa place.

Il refusa le masque à oxygène qu'on lui tendait.

— Je vais bien. Occupez-vous d'elle. Elle est en état de choc.

Louisa fut emmitouflée dans une couverture. Elle n'avait pas sa place dans tout ce chaos. Cela le frappa, à quel point elle semblait fragile dans sa fine chemise de nuit blanche.

Aussi fragile que la vie elle-même, qui pouvait basculer du jour au lendemain. Sa petite sœur se portait comme un charme. Puis étaient venues les ecchymoses spontanées. L'apathie. Suivies par le terrible diagnostic. La chimiothérapie. Les infections. L'angoisse quotidienne de rentrer à la maison et qu'elle soit partie à jamais.

Il se leva. Non. Il s'était endurci contre tout cela. Ces épreuves étaient derrière lui. Quel intérêt de ressasser le passé ? Il y avait plus urgent à gérer. Au fond, cet incident tombait à point nommé. Il voulait que Louisa s'en aille. Son vœu avait été exaucé.

— Je dois aller voir mes employés, dit-il à un infirmier. Je peux ?

Louisa parut émerger de son inertie. Elle se redressa brusquement.

— Non !

— Ils doivent t'examiner, Louisa.

Elle secoua la tête avec véhémence, et ses cheveux virevoltèrent sur ses épaules.

— Je vais bien, assura-t-elle.

Elle tenta de se lever. Vacilla. Elle respirait péniblement. Soudain, il eut l'impression de revoir Felicity. Pâle, presque translucide. Les yeux cernés. Flick emmenée en ambulance. Ses vieilles peurs remontaient à la surface... Il les refoula.

— Laisse-les t'examiner, Louisa.

Il avait pris son ton autoritaire d'homme d'affaires obéi au doigt et à l'œil. Les yeux de Louisa s'agrandirent. Ses lèvres tremblaient. Il regretta aussitôt sa sévérité. Mais douceur et empathie ne faisaient pas partie de son vocabulaire. Plus maintenant. Pourtant, il restait là, immobile. Le cœur battant comme s'il cherchait à s'échapper de sa poitrine.

— Ne les laisse pas me faire du mal.

Sa voix était à peine audible. Qu'est-ce qui pouvait bien lui inspirer une telle terreur ?

« Ça fait si mal, Matty. »

L'une de ses dernières conversations avec sa sœur, enfant. À l'hôpital, alors qu'elle subissait l'horrible traitement qui finirait par la guérir. Sa gorge se serra. Louisa avait-elle vécu une expérience similaire ? Non, elle était une enfant en pleine santé la dernière fois qu'il l'avait vue, aux funérailles de son père. Mae ne lui avait jamais parlé de maladie. Quelle que soit la raison de son trouble, il ne pouvait rester de marbre.

— Je suis là. Je ne vais nulle part.

Il aurait voulu faire plus. La prendre dans ses bras et lui promettre que tout irait bien. Qu'est-ce qui lui arrivait ? Ce devait être le choc, supposa-t-il. Le contrecoup du danger, qui se manifestait par le besoin de se raccrocher à la personne avec qui elle l'avait traversé.

— Ils ne te feront aucun mal. Ils veulent juste s'assurer que tu n'as rien. Pas vrai ? dit-il en transperçant l'infirmier du regard.

Celui-ci confirma.

— Oui. Nous allons prendre votre tension, et écouter votre cœur et vos poumons. Ça ira ?

Louisa lui jeta un regard implorant.

— Je te tiens la main si tu as peur, proposa Matteo.

— Merci.

Louisa ne regardait pas l'infirmier tandis qu'il faisait son travail en lui expliquant gentiment chacun de ses gestes.

Matteo serrait la main de Louisa, frêle et glacée dans la sienne. Une sensation de déjà-vu… Ses visites à Felicity à l'hôpital, si jeune encore et terrifiée. La peur constante de la voir pour la dernière fois. Puis il avait été envoyé en pensionnat, ne recevant plus que des nouvelles sporadiques réclamées à ses parents. Des parents censés l'aimer autant que leur fille biologique.

Son ventre se noua. Les souvenirs défilaient. Les couloirs blancs. Les traitements. L'angoisse. Un cauchemar qui avait duré des années, jusqu'au jour où était venue l'annonce inespérée : Flick était en rémission. Depuis, son état était stable. Elle avait aujourd'hui la vingtaine et ne montrait aucun signe de rechute. Elle était considérée comme guérie. Pourtant, chaque année à la même date, il redoutait le coup de téléphone qui l'informerait que le cancer avait récidivé.

— Comment va-t-elle ?

— La tension est un peu basse, répondit l'infirmier. Le rythme cardiaque légèrement élevé. Rien dans les poumons. Nous allons la mettre sous oxygène et la garder un moment en observation.

— Tu es d'accord, Louisa ? Ils m'appelleront quand ils voudront te réexaminer. En attendant, j'aimerais aller voir comment vont Mrs Fancutt et les autres.

La jeune femme déglutit.

— Bien sûr. Vas-y.

Matteo se leva et se dirigea vers un petit groupe rassemblé sous un abri monté à la hâte près d'un camion de pompier. La pluie ne tombait plus aussi dru, mais lui piquait les jambes à cause du vent. Il serra la couverture autour de lui.

— Tout le monde est indemne ? demanda-t-il.

Tous firent signe que oui, avant de s'enquérir de lui et surtout de Louisa.

— Nous allons bien tous les deux.

La gouvernante chercha son regard, ses cheveux gris en désordre.

— Vous en êtes sûr ?

— Ni elle ni moi ne sommes blessés.

— Ce n'est pas ce que je voulais dire. Miss Louisa n'a pas quitté la maison depuis des mois, sauf pour les funérailles. Cela fait encore plus longtemps qu'elle n'est pas allée plus loin que le village.

Matteo demeura interdit. Il passait son temps à voyager, surtout pour le travail, à prospecter ou visiter ses hôtels. Il possédait également des propriétés un peu partout dans le monde. Sa maison en Italie, achetée lorsqu'il s'était mis en quête de ses parents biologiques. Un *penthouse* ultramoderne au cœur de New York. Un château dans la vallée de la Loire. Il secoua la tête. Chez lui, c'était là où il se trouvait au moment où il s'y trouvait. Pas une villa ou un appartement en particulier.

— Qu'entendez-vous par « encore plus longtemps » ?

Mrs Fancutt hésita.

— Des années.

Des années ! Quel genre de vie menait Louisa ? Qu'est-ce qui la retenait ici ? Mae ne l'aurait jamais contrainte à rester contre son gré. Mais, au fond, qu'en savait-il ? Toute cette famille n'était qu'une bande d'égoïstes ne se souciant que d'eux-mêmes.

« Elle a besoin d'être protégée. »

— A-t-elle déjà voyagé ? Quitté le pays ?

— Jamais, répondit la gouvernante. Mae, paix à son âme, a bien essayé de l'y pousser. Elle lui a fait faire un passeport et lui racontait ses aventures de jeunesse, en l'encourageant à vivre les siennes. Sans succès.

Matteo regarda vers l'ambulance. Pas étonnant que Louisa se soit montrée si réticente à quitter Easton Hall. Elle ne connaissait rien d'autre. Avec la somme qu'il était prêt à lui offrir, plus rien ne l'empêcherait de réaliser ses rêves. Une idée germa dans son esprit. Louisa était enlisée dans le passé, coupée du vaste monde qu'il ne tenait qu'à elle d'explorer. À lui de lui mettre le pied à l'étrier.

Assise à l'arrière d'une luxueuse limousine noire, Louisa contemplait les rues animées de Milan. Ne s'était-il vraiment écoulé que quelques jours depuis l'incendie ? Le temps avait perdu toute consistance. Matteo avait immédiatement pris la situation en main. Il avait d'abord rassuré les employés en attendant qu'Easton Hall puisse être inspecté. Ils avaient sa parole qu'ils continueraient à toucher leur salaire. Puis il s'était chargé de faire remplacer son passeport, le sien étant dans la maison, à laquelle personne n'avait accès tant que tout danger n'aurait pas été écarté.

« Tu viens avec moi », avait-il décrété. Et ni une ni deux, elle s'était retrouvée dans son jet privé, en route pour un de ses hôtels en Italie. Elle avait bien essayé de profiter du vol. C'était la première fois qu'elle prenait l'avion. L'horizon infini, les nuages de coton dans le ciel d'azur… Mais elle avait juste la sensation de dériver, arrachée à son cocon. Son passage dans l'ambulance avait ravivé des souvenirs pénibles. Les cauchemars étaient revenus, alors qu'elle n'en faisait presque plus. Elle n'avait même pas son carnet pour les exorciser en les dessinant.

L'absence de son matériel de dessin était problématique. Elle risquait de prendre du retard dans ses illustrations, alors qu'elle avait un contrat et une échéance à respecter. Elle avait bien essayé de l'expliquer à Matteo. Mais il avait balayé ses inquiétudes en promettant de s'occuper de tout. Qu'elle prenne des vacances et s'amuse un peu, avait-il dit pour l'encourager. Elle et lui n'avaient pas du tout la même définition de « s'amuser ». Aujourd'hui, par exemple… Il avait engagé une styliste afin qu'elle l'emmène faire du shopping. À ses frais. Ils avaient bien acheté une ou deux tenues avant de quitter l'Angleterre, puisque sa garde-robe était inaccessible au manoir. Mais elles ne suffisaient pas. Même Louisa en convenait.

— Milan est la capitale de la mode, lui avait-il lancé.

Comme si la mode l'intéressait ! Contrairement à la jeune femme assise à ses côtés, très chic en tailleur noir cintré et chemisier en soie de couleur vive agrémenté d'un nœud asymétrique autour du cou. Avec ses cheveux bruns chatoyants, son maquillage naturel et ses ongles manucurés, elle était la perfection incarnée. Elle avait toisé Louisa de haut en bas, avant de hocher la tête et de l'inviter à la suivre. Pas un mot de plus. Aucune question sur ce qui lui plaisait.

Louisa avait l'estomac noué. Pourquoi se sentait-elle… jugée ? Elle avait des goûts simples. Matteo avait-il donné des instructions à la styliste en l'engageant ? Trouvait-il que son apparence laissait à désirer ?

Et alors ? Il était l'ennemi qui voulait lui prendre sa maison. Qu'est-ce que cela pouvait lui faire, ce qu'il pensait d'elle ?

La voiture s'arrêta non loin d'une boutique huppée à la devanture en marbre clair strié d'or. Les vitrines étincelaient au soleil. Aucun nom nulle part. Un homme lui ouvrit sa portière, et Louisa sortit. L'air chaud et humide l'enveloppa aussitôt. Ses cheveux ne tarderaient pas à friser. Sa robe en coton lui collait à la peau. Sa compagne, elle, ne semblait nullement affectée, fendant avec aisance la foule de touristes qui s'écartaient sur son passage. Louisa la suivait tant bien que mal, bousculée et oppressée.

Elle entra à sa suite dans la boutique. Les talons de la styliste claquaient sur le sol comme elle la conduisait à un somptueux salon d'essayage. De confortables canapés en velours entouraient une table basse, sur laquelle était posée une bouteille de champagne dans un seau à glace. Des vêtements de toutes les couleurs s'alignaient sur des portants. Deux femmes entrèrent, très élégantes elles aussi, et la jaugèrent du regard. Louisa épia son reflet dans le mur de miroirs. Cheveux roux frisés. Pas de maquillage. Robe à fleurs toute simple et ballerines.

— Je vous en prie, prenez place.

On la fit asseoir sur un canapé et lui servit une flûte de champagne accompagnée de fraises. Le champagne ne l'intéressait pas, mais les fraises avaient l'air succulentes. Elle posa sa flûte, sans comprendre un mot de l'échange volubile en italien entre les trois femmes. Alors qu'elle croquait dans une fraise, du jus en coula et tomba sur sa robe, laissant une tache rose.

— Excusez-moi… Pourrais-je avoir de l'eau et une serviette, s'il vous plaît ?

— Laissez cela, répondit la styliste. Quelqu'un comme *signor* Bainbridge a certaines… attentes.

Louisa ignorait son nom. Elles n'avaient même pas été présentées.

— Vraiment ?

Elle ne comprenait pas. N'était-elle pas censée s'acheter des vêtements pour elle ? Pourquoi Matteo se soucierait-il de ce qu'elle portait ? Certes, c'était lui qui payait. Encore une chose qui la dérangeait. Mais il avait simplement écarté ses objections, avec cette autorité désinvolte qui semblait être sa marque de fabrique.

— Bien sûr. Laissez-nous faire. Nous avons de nombreuses idées pour vous.

Et ses idées à elle ? Elle savait ce qu'elle aimait et ce dont elle avait besoin. Mais ces femmes étaient des professionnelles. Pourquoi ne leur ferait-elle pas confiance ?

Elles se mirent à lui présenter des articles sélectionnés sur les portants. Des tailleurs impeccablement coupés, comme les leurs ou ceux de Matteo. Et noirs, une couleur qu'elle ne portait qu'aux enterrements. Des robes brodées de cristaux aux décolletés plongeants. Des talons aiguilles. Elle n'en avait jamais porté de sa vie et se tordrait les chevilles en marchant avec. Rien de tout cela ne lui ressemblait. Elle voulait bien essayer de nouveaux styles. Mais pas cela. Elle secouait la tête à chaque nouvelle proposition. La frustration des trois femmes grandissait à vue d'œil.

— Qu'aimez-vous porter ? questionna l'une d'elles.

Elle désigna sa tenue.

— Ce genre de robes. Ou des vêtements de style ancien. Je trouve qu'ils me vont bien.

— Et si vous accompagnez *signor* Bainbridge à un cocktail ? Une réception ? Un déjeuner d'affaires ?

— Je suis illustratrice de livres pour enfants. Pourquoi ferais-je cela ?

Les vendeuses et la styliste tinrent un conciliabule et changèrent de tactique. Elles passèrent aux sous-vêtements. En dentelle. En soie. Vaporeux. Très affriolants. De quoi aurait-elle l'air là-dedans ? Pourquoi lui montraient-elles cela ? Une brusque chaleur l'envahit. Croyaient-elles que...

— Je ne suis pas sa maîtresse.

Les trois femmes se turent et la dévisagèrent. La styliste arqua un sourcil parfaitement dessiné.

— Peu importe qui vous êtes. Nous devons bien faire... *quelque chose* de vous. Vos cheveux sont trop longs. Ils ont besoin d'une coupe et d'un balayage. Vous verrez, vous serez une nouvelle femme.

Lui couper les cheveux ? Hors de question. C'était ce que faisait sa mère, allant jusqu'à utiliser des ciseaux spéciaux pour les désépaissir afin de lui donner l'air malade. Louisa s'était juré de ne plus jamais se laisser faire. Elle se leva abruptement. Mais la styliste et ses acolytes ne lui prêtaient aucune attention, trop occupées à échanger sur la meilleure façon de la transformer en quelqu'un d'autre.

Elles ignoraient que Louisa avait mis longtemps à s'accepter telle qu'elle était. Grâce à Mae. À la thérapie qu'elle avait suivie. Les critiques de sa mère avaient fini par s'effacer avec le temps. Quel dommage qu'elle ne soit pas blonde ! Plus grande. Plus mince. Et ces affreuses taches de rousseur… Ces femmes lui rappelaient comment les autres la voyaient. Les larmes lui brûlaient les paupières. Pourquoi devrait-elle changer pour entrer dans une case imposée par des inconnues ?

— Ça suffit, lâcha-t-elle.

— *Come dici ?*

Pas besoin de comprendre l'italien. L'incrédulité de la styliste se lisait sur son visage. Louisa ne s'amusait pas du tout. Cette journée virait au cauchemar.

— Je ne porterai pas vos vêtements, ni ne me couperai les cheveux. Venir ici était une erreur. C'est terminé. Je rentre à l'hôtel.

4

Matteo entra dans sa chambre d'excellente humeur. La matinée avait été productive. Une nouvelle négociation finalisée dès son arrivée à Milan. Il jeta sa veste dans un fauteuil et desserra sa cravate. Déboutonna son col. Retroussa ses manches sur ses bras. C'était rare qu'il rentre aussi tôt, en milieu d'après-midi. Mais il avait hâte de savoir comment s'était passée la journée de Louisa. Quelle femme n'aimait pas faire les magasins ? Milan était l'endroit idéal pour cela. Une ville magnifique, entre histoire et modernité. Si son shopping ne lui avait pas pris toute la matinée, peut-être avait-elle eu le temps de visiter un peu ?

C'était sa première incursion à l'étranger. Curieux d'entendre son retour, il frappa à la porte reliant leurs deux chambres, qui s'ouvrit lorsqu'il actionna la poignée.

Louisa lui tournait le dos, debout devant la fenêtre. Perdue dans la contemplation des toits de la ville. Ses cheveux roux cascadaient dans son dos. Elle portait encore la robe à fleurs achetée au village près d'Easton Hall avant leur départ. Charmante mais très inférieure à ce qui se faisait à Milan. Matteo s'étonnait de ne voir aucun sac dans la chambre. Il avait bien avisé la styliste de ne pas regarder à la dépense. Rien n'était trop beau pour Louisa.

— Comment s'est passée ta journée ? s'enquit-il.

Elle se retourna. Il espérait un sourire radieux. Il ne l'avait pas vue sourire une seule fois depuis leurs retrouvailles, quelques jours plus tôt. Ne méritait-elle pas de se changer les idées après l'incendie d'Easton Hall ? Mais Louisa ne souriait pas. Son visage était totalement hermétique.

— Je n'ai rien trouvé qui me plaise.

Impossible. C'était Milan, et la styliste s'y connaissait. Peut-être Louisa était-elle réticente à dépenser son argent ? Il l'avait pourtant rassurée sur ce point. Elle avait grand besoin de vêtements. Quelques robes et une chemise de nuit ne suffisaient pas. Même elle devait le savoir.

C'est alors qu'il remarqua ses yeux rougis. Son nez légèrement irrité. Avait-elle pleuré ? Il combla la distance entre eux. Ses yeux brillaient, et ses lèvres tremblaient. Il eut l'impression de recevoir une gifle. Son but était de la faire sourire, pas de la rendre triste. Que s'était-il passé ? Sa mâchoire se crispa. Les responsables allaient passer un sale quart d'heure.

— Tu n'as vraiment rien trouvé du tout ? demanda-t-il gentiment.

Ses pupilles s'agrandirent, faisant ressortir le vert de ses yeux. Un vert vibrant, semblable à l'herbe perlée de rosée du parc d'Easton Hall.

— Elles m'ont montré des vêtements que je ne porterai jamais. J'ai bien essayé de leur expliquer…

Elle se tut, hésitante.

— Dis-moi, l'encouragea-t-il.

À l'évidence, elle n'avait pas passé une bonne journée.

— Quand elles me regardaient… Je ne me sentais pas belle. Elles voulaient me couper les cheveux.

Une bouffée de colère envahit Matteo. Pas belle ? Elle était sublime ! Cela crevait les yeux. Et qui avait eu l'idée saugrenue de couper sa magnifique chevelure ? Louisa était au bord des larmes. Il aurait voulu la prendre dans ses bras et la réconforter. Mais il n'était pas là pour séduire une innocente. Son but était de lui montrer ce à côté de quoi elle passait, terrée à Easton Hall. Comment avait-il pu se fourvoyer à ce point ? Matteo ne tolérait pas l'échec. Il était urgent de rectifier le tir.

— Tu es très belle, Louisa. C'est indiscutable. Quant à tes cheveux...

Que ne donnerait-il pas pour plonger la main dans leur épaisseur soyeuse ?

— Les couper serait un crime, affirma-t-il.

Les joues de la jeune femme se colorèrent.

— Elles m'ont prise pour ta maîtresse. Elles ont dit que tu avais certaines attentes.

Ma maîtresse ? Une chaleur insidieuse se propagea dans son aine. Il sentait encore son corps doux et souple contre le sien lorsqu'il l'avait portée à Easton Hall. S'ils étaient amants, il la porterait de la même façon jusqu'à son lit. Il imaginait ses cheveux roux étalés sur l'oreiller. Ses yeux verts assombris par la passion. Ses propres lèvres embrassant chacune de ses taches de rousseur...

Non. Les ingénues n'étaient pas pour lui. Il travaillait trop, c'était le problème. Entre son enquête sur de possibles fraudes commises par les Bainbridge et ses projets de revanche, il avait négligé sa vie personnelle. Quoi d'étonnant à ce qu'il réagisse comme un adolescent titillé par ses hormones ?

— Ma seule attente était que tu te fasses plaisir, déclara-t-il. Je n'aurais pas dû engager cette styliste. Compte sur moi pour y remédier.

Louisa eut un pâle sourire.

— Ces femmes ne m'aimaient pas beaucoup.

Elles n'étaient pas payées pour l'aimer, mais pour faire leur travail. À savoir la guider dans son shopping afin qu'elle se sente belle tout en passant un bon moment. L'échec de sa mission et la mine abattue de Louisa achevèrent de refroidir ses ardeurs.

— As-tu mangé ? questionna-t-il.

Elle secoua la tête.

— J'ai perdu l'appétit quand elles ont dit qu'il fallait bien faire « quelque chose » de moi.

Comment avaient-elles *osé* ?

— Si tu avais faim, de quoi aurais-tu envie ?

— D'un croque-monsieur.

Matteo sortit son téléphone et en commanda deux. Le plat ne figurait pas sur le menu. Mais nul doute que le chef de l'hôtel leur préparerait les meilleurs croque-monsieur que Louisa ait jamais goûtés.

Quelques minutes plus tard, ils étaient servis.

— Déjeuner d'abord, shopping ensuite.

Louisa tritura le devant de sa robe.

— La première expérience m'a suffi.

— Oh ! tu passeras un bon moment, cette fois. Je te le garantis.

Matteo était résolu à rattraper cette journée. Quelques coups de fil plus tard, il s'était mis d'accord avec une autre styliste qu'on lui avait chaudement recommandée. La jeune femme avait tout de suite accepté la mission et promis de faire livrer sa sélection de tenues à l'hôtel. Elle s'était enquise des goûts de Louisa et avait demandé une photo.

— Bohème campagnard et *cottagecore*, avait-elle suggéré.

Matteo n'avait aucune idée de ce que cela voulait dire. Mais peu importait. Cette fois, il serait là pour superviser la séance. Il n'y aurait pas de second échec.

Louisa redoutait de refaire les magasins. Mais comment protester ? Matteo était une véritable force de la nature. Une fois de plus, il avait simplement pris la situation en main. Elle n'avait pas compris un traître mot de ses échanges téléphoniques en italien. Mais son intonation était tranchante et autoritaire. Tout cela pour elle. C'était... électrisant de le regarder prendre le contrôle. Elle n'avait aucun mal à imaginer ses interlocuteurs obéir sans broncher. Était-ce aussi ce qu'il attendait d'elle avec son offre pour lui faire quitter Easton Hall ?

Elle chassa cette pensée. Pas maintenant. Elle avait beau avoir tenu tête à ces trois gravures de mode ce matin-là, leurs commentaires désobligeants avaient touché une corde sensible. Elle s'était sentie quelconque et démodée. Tous ses vieux complexes étaient remontés à la surface. Mais lorsqu'elle s'était confiée à Matteo...

« Tu es très belle, Louisa. »

Il était le premier homme, hormis son père, à lui dire cela. Ses mots lui mettaient du baume au cœur. Elle ne devrait pas chercher son approbation. Elle et lui poursuivaient des objectifs opposés. Mais elle mentirait si elle niait se sentir flattée.

— Comment était ton croque-monsieur ?

Un délice. Le pain croustillant et le fromage fondant se mariaient à la perfection, le tout relevé de juste ce qu'il fallait de moutarde.

— Je n'en ai jamais mangé d'aussi bon, répondit-elle avec sincérité.

Matteo esquissa un sourire.

— Le chef sera ravi de l'entendre.

— Tu séjournes toujours dans tes hôtels ? Ou as-tu une maison quelque part ?

Cet endroit était le temple de l'élégance avec ses teintes chaudes et son confort dernier cri. Dans la salle de bains, un lustre en cristal pendait au-dessus de la baignoire îlot. Louisa s'était sentie comme une aristocrate en prenant son bain. L'hôtel était époustouflant à tout point de vue. Mais elle n'imaginait pas Matteo passant tout son temps ici. Elle n'aurait su dire pourquoi. Elle en avait simplement l'intime conviction. Peut-être parce que l'hôtel ressemblait à un lieu créé sur mesure pour les autres, pas pour lui-même.

— Je possède de nombreuses propriétés, répondit-il avec un geste ample. En Italie, en France, aux États-Unis...

— Laquelle considères-tu comme chez toi ?

Il fronça les sourcils.

— J'en suis propriétaire. Que demander de plus ?

Elle secoua la tête.

— Je parle d'un endroit où tu te sens bien, que tu es heureux de retrouver dès que tu en franchis le seuil. Un endroit où tu peux être vraiment toi-même. Ton refuge en quelque sorte, là où tu gardes tes meilleurs souvenirs.

C'était ce qu'était Easton Hall pour elle. Un refuge. Elle avait passé tant d'années à s'effacer, sans personne qui l'écoute. Là-bas, elle était libre d'être elle-même. Cette sortie à Milan n'avait fait que la conforter dans ce sentiment. Elle était à sa place à Easton Hall.

Un pli creusa le front de Matteo.

— Quelle définition alambiquée ! Chez moi, c'est là où je loge quand j'en ai besoin.

Voilà pourquoi il croyait pouvoir la payer pour qu'elle quitte Easton Hall. Comment expliquer l'importance que revêtait pour elle d'avoir un vrai chez-elle à quelqu'un si détaché de tout ?

Une alerte sur le téléphone de Matteo interrompit leur conversation.

— Ah, c'est l'heure du shopping.

Louisa se rembrunit. Elle prit une grande inspiration, se préparant mentalement à une nouvelle humiliation.

On frappa à la porte, et Matteo alla ouvrir. Une jeune femme entra, tirée à quatre épingles, mais moins sophistiquée que son homologue du matin. Son style était plus accessible : pantalon gris perle, chemisier blanc cassé et foulard pastel négligemment enroulé autour du cou. Elle et Matteo échangèrent une poignée de main professionnelle. Louisa se leva, et la styliste lui adressa un sourire engageant.

— Mon nom est Sylvana. Enchantée, dit-elle.

Deux hommes entrèrent à leur tour avec plusieurs portants. Louisa inspecta les vêtements et se relaxa. Pas de noir en vue.

— J'espère que vous aimerez ma sélection. Asseyez-vous et commençons, si vous le voulez bien.

Matteo allait-il rester ? Apparemment oui, à en croire sa posture décontractée sur le canapé, jambes tendues telle une panthère se chauffant au soleil. Louisa installée, Sylvana se lança dans la présentation de différentes robes. Toutes étaient splendides. Louisa se voyait dans la plupart d'entre elles, à quelques exceptions près. Au fur et à mesure, Sylvana réarrangeait les portants, avec les articles qui lui plaisaient d'un côté et le reste de l'autre. Le tout sous l'œil attentif de Matteo.

Son regard passait des vêtements à elle. À quoi pensait-il ? L'imaginait-il dans chaque tenue en se demandant si elle lui irait ? Ses yeux sur elle étaient comme une caresse, plus douce que les tissus que lui faisait toucher Sylvana pour s'assurer qu'elle aimait la matière sur sa peau.

— J'ai appris que votre maison avait pris feu, dit la styliste avec commisération. J'en suis désolée. Peut-être ces essayages vous changeront-ils les idées ?

— J'en doute, murmura Louisa. Je porte le plus souvent des robes du siècle dernier trouvées dans le grenier.

Sylvana plaqua une main sur sa poitrine.

— *Davvero* ? J'ai étudié l'histoire de la mode ici, à Milan. De telles pièces sont irremplaçables. Ont-elles été détruites dans l'incendie ?

Louisa haussa les épaules. Elle sentait son cœur se serrer rien que d'y penser.

— Je ne sais pas. Le feu a été maîtrisé rapidement. Mais personne n'a le droit d'entrer pour l'instant.

— *È terribile !* Espérons qu'elles soient sauves. En attendant, que diriez-vous d'essayer ces tenues ? Rien d'approchant, mais de quoi vous sentir à l'aise et féminine.

Louisa suivit Sylvana dans la chambre, où elle avait déplacé le portant regroupant sa sélection. Non, rien d'approchant. Mais chaque robe lui donnait des airs de princesse. Tout lui plaisait. Les jupes qui virevoltaient quand elle tournait sur elle-même. Les manches bouffantes. Les couleurs allant du bleu au vert, en passant par le rose, plus vives que ce qu'elle avait l'habitude de porter.

— Vous devriez défiler devant *signor* Bainbridge, suggéra Sylvana.

Le cœur de Louisa s'emballa.

— Vous croyez ?

— C'est un homme, et il est resté. Il voudra voir le résultat. Allez-y ! dit la styliste d'un ton encourageant en la poussant gentiment vers la porte.

Louisa passa la tête par l'entrebâillement. Matteo était penché sur son téléphone, manches retroussées sur ses avant-bras musclés. Il perçut aussitôt sa présence et leva la tête. Louisa se sentait ridicule. Pourquoi Matteo s'intéresserait-il à ce qu'elle portait ? Il n'en avait sûrement rien à faire.

« Tu es très belle. C'est indiscutable. »

— Sylvana dit que tu aimerais peut-être voir une des robes ?

Il posa son téléphone et enleva sa cravate, dévoilant un triangle de peau bronzée au niveau de sa gorge.

— Bien sûr.

Après une hésitation, elle entra dans le salon et s'approcha de lui dans sa robe ornée de fleurs bleu roi, puis tourna sur elle-même pour faire… quelque chose. Tout cela était nouveau pour elle. Elle ignorait comment se comporter. La jupe évasée tourbillonna autour de ses jambes nues.

— *Perfetto.*

La voix grave de Matteo se répercuta dans tout son être. Son cœur battait la chamade.

— Veux-tu en voir une autre ?

Un sourire incurva ses lèvres, à faire se damner n'importe quelle femme.

— Si tu es d'accord…

Les joues de Louisa s'empourprèrent.

— Bien sûr.

Elle fila dans la chambre et passa une autre robe. Aux couleurs estivales cette fois, avec un col ruché et une jupe à volants tombant jusqu'aux chevilles. Sylvana lui tendit un chapeau de paille.

— Portez cela avec, conseilla-t-elle.

Louisa mit le chapeau, puis compta jusqu'à cinq pour ne pas avoir l'air trop empressée, avant de regagner le salon d'une démarche qui se voulait nonchalante. Matteo n'était pas sur son téléphone, nota-t-elle. Comme s'il l'attendait. Paupières mi-closes. Mains sur les cuisses. Elle exécuta une nouvelle pirouette devant lui.

— Et celle-là, qu'en penses-tu ?

— *Bellissima.*

Très belle. Cela, elle comprenait. Louisa éprouva un frisson de plaisir. L'approbation de Matteo la grisait. C'était mal. Il cherchait à lui prendre sa maison. Elle avait passé une matinée affreuse. C'était uniquement pour cela qu'il se montrait gentil. Quelle femme n'aimerait pas être complimentée par un homme comme lui ? Pourtant...

Son regard se promenait sur elle avec une ténébreuse intensité. Il se pencha en avant, les mains jointes sous le menton. Comme pour s'empêcher de la toucher. Sa peau s'enfiévra. *Bellissima.* Elle commençait presque à y croire. Quand il l'admirait ainsi, elle devenait une déesse.

Matteo regarda Louisa disparaître dans la chambre. Sa robe aux tons dorés soulignait l'éclat de ses cheveux. Avec son chapeau de paille et ses taches de son sur le nez, elle était l'été personnifié. Il avait hâte de voir la prochaine tenue. Son plan fonctionnait : Louisa s'amusait.

Elle réapparut dans une robe rose et orangée à l'ourlet volanté, plus courte devant que derrière. Le décolleté, un peu plus profond que les autres, laissait entrevoir la vallée de ses seins. La robe se fermait sur le devant par une myriade de minuscules boutons, véritable invitation au fantasme. Il pourrait les déboutonner lentement, un à un. Écarter le tissu et dénuder ce corps voluptueux qu'il imaginait parsemé de taches de rousseur...

Louisa le fixait, dans l'attente de son avis. Pieds nus. Ce détail avait quelque chose d'étrangement intime. *Ridicule.* Il fit un geste circulaire de l'index, et elle tournoya pour lui, bras tendus, ses longs cheveux virevoltant en même temps que sa robe. Elle riait, rayonnante comme une étoile. Aucun mot ne pouvait décrire sa beauté en cet instant.

— On dirait que tu commences à aimer le shopping.

Sa mine s'assombrit. Un nuage voilant le soleil.

— Je... Je n'ai pas aimé la ville, ni les magasins. Mais ça, c'est amusant, oui.

Sa réponse le fit réfléchir. Milan avait été une erreur. La jeune femme avait grandi à la campagne. Un hôtel moderne au cœur d'une métropole animée n'était pas pour elle. L'Italie regorgeait d'endroits plus susceptibles de lui plaire. Il voulait qu'elle soit excitée par les innombrables merveilles qu'offrait le vaste monde, afin qu'elle comprenne que sa vie à Easton Hall n'était pas un refuge, mais une prison.

Elle lui avait demandé s'il avait une maison quelque part. Un « chez-lui ». Le concept le dépassait. Il n'avait jamais eu le sentiment d'avoir un foyer, enfant, relégué trop jeune en pensionnat. Rejeté par ses parents adoptifs. Ses propriétés n'étaient que des lieux de passage. Sauf une. La toute première maison qu'il avait achetée après avoir découvert ses origines italiennes. La plus proche de la description de Louisa. Il n'y avait jamais amené personne. Là-bas, peut-être apprendrait-elle à voler de ses propres ailes.

5

Louisa regardait défiler la campagne derrière les vitres teintées. Matteo avait une surprise pour elle, lui avait-il annoncé. Peu après, leurs valises étaient faites, et ils quittaient Milan, laissant l'animation de la métropole derrière eux.

Si elle avait d'abord apprécié son sens de l'initiative, elle commençait à se lasser d'être ballottée d'un endroit à l'autre. Ne pouvait-il la consulter avant ? Tout ce qu'il lui avait dit était qu'ils allaient vers le nord. Partir du principe que sa surprise lui plairait était d'une arrogance ! Mais elle ne pouvait nier qu'elle était soulagée de s'éloigner de la ville. La route qu'ils suivaient à présent était étroite, bordée de magnifiques maisons dans leur écrin de verdure d'un côté et d'un immense lac sur fond de montagnes de l'autre. Sa surface bleutée miroitait au soleil, sillonnée par des bateaux multicolores.

— Bienvenue au lac de Côme, avait lancé Matteo lorsqu'il était apparu au détour d'un virage.

Enfin, il se décidait à lui dire quelque chose.

Le paysage était à couper le souffle. Pas que le paysage... Matteo affichait une élégance décontractée en chino bleu marine et polo blanc faisant ressortir son teint bronzé. Une montre en or étincelait à son poignet. Il était au téléphone, une fois de plus. Sa maîtrise de l'italien ne laissait pas de l'impressionner. Où avait-il appris la langue ? Et pourquoi ? Bien qu'accaparé par son travail, il était toujours frais et dispos, semblant n'avoir aucun souci. Contrairement à elle. Sa propre vie lui paraissait si chaotique et incertaine.

Un peu moins depuis que Matteo y avait fait irruption. Ce qui n'avait aucun sens. Il essayait de l'expulser de chez elle. À elle de ne pas se laisser marcher sur les pieds. Plus facile à dire qu'à faire, avec Easton Hall actuellement inhabitable.

— Où allons-nous cette fois ? demanda-t-elle lorsqu'il eut raccroché.

— À ma villa.

La curiosité de Louisa était piquée. À quoi ressemblait une de ses maisons ? Une ode au minimalisme ? Un certain changement s'était produit chez lui durant le voyage. Il paraissait plus détendu. Moins fermé. Son charisme naturel saturait l'habitacle. Dans l'espace restreint, son odeur épicée étourdissait ses sens.

Un sourire plissa ses yeux bruns, comme s'il était sincèrement heureux d'être là. L'air manqua à Louisa.

— Tu vas l'adorer, promis.

Louisa se méfiait des promesses. Les attentes qu'elles soulevaient étaient rarement exaucées. Elle en savait quelque chose, avec sa mère.

— Ne dit-on pas que les promesses sont faites pour être rompues ?

— Je tiens toujours les miennes, répliqua Matteo du ton de quelqu'un énonçant une vérité absolue. Ne t'ai-je pas dit que je te réservais une surprise ?

Il n'explicita pas plus. Mais son petit sourire en coin suggérait qu'il était très content de lui.

Un large portail en fer forgé s'ouvrit devant eux, et la voiture s'engagea dans une allée dont les graviers crissaient sous les pneus. Quelques minutes plus tard, Louisa découvrait une magnifique villa d'un étage à la façade ocre égayée de volets bleus. Les jardins, impeccablement entretenus, contrastaient avec la végétation sauvage du parc d'Easton Hall. Sa tension se relâcha. Elle respirait mieux, soulagée de l'intimité des lieux, nichés entre le lac et les collines boisées.

Matteo descendit de voiture, suivi par Louisa.

— Alors c'est ici, chez toi ?

— Je te l'ai dit, je n'ai pas de « chez-moi », répondit-il. Pas au sens où tu l'entends. C'est un pied-à-terre pratique lors de mes voyages d'affaires en Italie.

— Pourquoi ne pas loger à Milan ? Pourquoi avoir acheté cette maison ?

Il haussa les épaules.

— C'était un investissement. J'ai d'abord envisagé d'en faire un hôtel.

Louisa admira les jardins en terrasses dégringolant vers le lac. Elle inspira l'air à pleins poumons, plus chaud ici qu'à Easton Hall. Il embaumait le jasmin et la fleur de citronnier. Alors que Matteo l'entraînait vers l'entrée, elle remarqua une plaque à droite de la porte : Villa Arcadia.

Arcadia... N'était-ce pas le nom de sa chaîne d'hôtels ? Ce mot lui était familier, sans qu'elle parvienne à se rappeler ce qu'il désignait exactement. Elle ferait une recherche plus tard.

— Qu'est-ce qui est venu en premier ? La maison ou les hôtels ? demanda-t-elle en désignant la plaque.

— La maison. Mon tout premier achat immobilier.

Il ouvrit la porte et la fit entrer dans un vestibule tout en marbre, réchauffé par un tapis persan et un mobilier ancien couleur miel.

— Pourquoi pas au Royaume-Uni ?

Cela aurait été plus logique.

— J'ai un lien avec ce pays. Je suis d'origine italienne.

Cette confidence la surprit.

— Comment le sais-tu ?

Petite, elle entendait sa mère évoquer la bonté des parents adoptifs de Matteo, qui avaient recueilli cet enfant abandonné comme s'il était le leur. Un acte de suprême charité, à l'écouter, qui n'avait pourtant pas suffi à faire de lui un vrai Bainbridge aux yeux de la famille.

— Grâce à un test ADN généalogique, répondit-il, laconique.

Il ferma la porte derrière eux, et toute sa personne se ferma aussi. À l'évidence, il ne souhaitait pas en parler. Louisa n'insista pas.

— Peut-être aimerais-tu découvrir ta surprise ? lança-t-il, changeant de sujet.

Son sourire, cette fois, n'atteignait pas ses yeux. Il lui fit visiter la maison, qui n'était pas sans rappeler ses hôtels avec ses teintes terre et ses pièces inondées de soleil. Mais cet endroit exsudait le charme de l'ancien, tout en étant ancré dans le présent. Le mélange éclectique de vieux meubles et de touches modernes, d'une certaine façon, ressemblait à Matteo.

— C'est ravissant, lâcha-t-elle dans un souffle.

Partout, de grandes baies vitrées donnaient sur les jardins ou le lac. L'obscurité ne semblait pas avoir sa place dans cette maison.

— Merci. J'espère que tu t'y plairas.

Ils montèrent à l'étage, où il s'arrêta devant une porte fermée.

— Voici ta chambre, annonça-t-il en l'ouvrant avec emphase.

Louisa entra. La pièce offrait une énième vue enchanteresse sur le lac. Mais ce n'est pas ce qui la laissa bouche bée. La sensation était déstabilisante. C'était comme si sa chambre d'Easton Hall avait été téléportée sur place par magie. Le lit. Le fauteuil à bascule ayant appartenu à son père dans un coin. Le tapis sur le plancher. Les tableaux aux murs. Tout était là, y compris son carnet de croquis et ses crayons sur la table de chevet. Matteo l'observait depuis le seuil, avec une douceur dans l'expression qu'elle ne lui avait jamais vue auparavant.

Une minuscule flamme d'espoir se ralluma dans son cœur. Qui sait ? Peut-être tout finirait-il par s'arranger, en fin de compte ?

Louisa était submergée par l'émotion. Elle ne savait que dire. Sans réfléchir, elle sauta au cou de Matteo, qui vacilla de surprise. Puis il enroula les bras autour d'elle. Robustes. Protecteurs. Comme la nuit où il l'avait portée hors du manoir en feu quand elle était trop pétrifiée pour bouger. Ses yeux s'embuèrent.

— Merci. Je n'aurais pas pu rêver mieux, murmura-t-elle.

Matteo lui caressait doucement le dos. Tout chez lui l'apaisait. Les battements réguliers de son cœur. La force tranquille émanant de lui. Elle le sentit se relaxer contre elle. Leurs corps semblaient se fondre l'un dans l'autre. Louisa s'enivrait de son odeur. Cette odeur épicée qu'elle avait commencé à associer à lui depuis le trajet en voiture.

Elle aurait voulu l'absorber en elle, serrée contre son torse solide. Ses seins étaient lourds, à l'étroit dans sa robe. Cette tension entre ses cuisses… Était-ce cela, le vrai désir ? Matteo écarta légèrement les jambes. Il descendit la main plus bas dans son dos, avant de s'arrêter. Elle leva la tête, les larmes aux yeux. Tant pis s'il voyait son émotion.

— Tu n'as pas idée de… ce que cela signifie pour moi, balbutia-t-elle.

— Je voulais que tu te sentes chez toi.

Ses iris étaient sombres, presque noirs, frangés de cils interminables. Un début de barbe couvrait sa mâchoire volontaire. Il entrouvrit les lèvres comme s'il avait besoin d'air. Son regard voilé glissa vers sa bouche, sa gorge. Elle le vit déglutir. Si seulement elle savait quoi faire dans un tel moment, au lieu d'être le genre de femme se contentant de dessiner ses fantasmes. Elle pourrait tenter sa chance, se hisser sur la pointe des pieds et l'embrasser. Mais cela voulait dire prendre un risque, et il y avait longtemps que le risque était banni de sa vie.

Elle se dégagea en douceur, comme si de rien n'était. Alors qu'elle avait l'impression d'avoir vécu un tremblement de terre.

— Comment as-tu fait ? demanda-t-elle avec un sourire reconnaissant. Je croyais que personne n'avait le droit d'entrer dans la maison.

— Tu serais surprise de mon pouvoir de persuasion.

Surprise ? Pas vraiment. Il lui faisait l'effet d'un homme qui parvenait toujours à ses fins. Une petite voix dans sa tête la mit en garde. Mais elle était trop émue pour l'écouter.

— Tu as mentionné tes vêtements d'époque à la styliste, continua-t-il. Je les ai fait confier à un service de teinturerie spécialisé. Les tissus d'ameublement ont été endommagés par la fumée. Mais j'ai commandé des fac-similés aussi fidèles que possible pour ta chambre ici.

— C'est... C'est très gentil.

Que dire de plus ? Elle était profondément touchée par sa prévenance et sa générosité.

Il haussa les épaules.

— Ce n'est pas grand-chose.

Son impassibilité suggérait qu'il le pensait. Ce n'était vraiment rien pour lui. Comment lui faire comprendre à quel point son geste comptait pour *elle* ?

— Si. Cela montre que tu as pensé à moi, Matteo. C'est rare. Toute ma vie, j'ai été entourée de gens qui ne pensaient qu'à eux-mêmes. À part Mae, personne n'a jamais été gentil avec moi.

Gentil ? Il n'était pas *gentil*. D'autres adjectifs lui étaient généralement associés. Les magazines financiers le qualifiaient d'« ambitieux ». Ses concurrents, d'« impitoyable ». Ses amantes le trouvaient « distant » avant l'inévitable rupture. Quand il voulait quelque chose, il l'obtenait. « Gentil » était bien le dernier terme qui viendrait à l'idée de quiconque pour le décrire.

S'il avait apporté ses affaires en Italie, c'était par calcul, pour qu'elle se sente à l'aise. Un état d'esprit dans lequel il pourrait plus facilement l'amener à renoncer à son droit de résidence. Elle allait découvrir un monde non pas à redouter, mais à explorer. Pourquoi voudrait-elle retourner à Easton Hall après cela ?

Matteo s'approcha de la fenêtre, feignant de contempler la vue qu'il prenait si rarement le temps d'admirer. Il devait lutter contre la tentation de se retourner. S'il le faisait, qu'est-ce qui l'empêcherait de reprendre Louisa contre lui et de l'embrasser ? Il réprima un rire cynique. Un homme « gentil » n'aurait pas de telles pensées.

C'était la seconde fois que Louisa se retrouvait dans ses bras. Son corps tout en courbes pressé contre le sien. Avec une autre femme, il n'hésiterait pas à profiter de la situation. Mais l'innocence de Louisa sautait aux yeux. Pour quelqu'un comme elle, sexe et amour allaient de pair. Matteo, lui, privilégiait les relations sans attache. Il ne fréquentait que des femmes sur la même longueur d'onde, qui savaient ce qu'elles voulaient, prenaient ce qu'il leur offrait et passaient à autre chose. Louisa rêvait de prince charmant, de mots doux et de grand amour. Ses soupirs de plaisir seraient une douce musique à ses oreilles...

Bon sang, qu'est-ce qui lui arrivait ? Il n'était pas un prince charmant. L'amour n'était qu'une illusion. Son enfance le lui avait prouvé.

Ces réflexions tuèrent son désir dans l'œuf. Il avait compris depuis longtemps que son unique but dans la vie était de réussir *en dépit* de sa famille. Prendre sa revanche en leur ravissant leur bien le plus précieux. Sa réussite agissait comme un aimant sur les gens, qui gravitaient autour de lui comme des mouches autour d'un pot de miel. Attirés par ce qu'il pouvait leur apporter. C'était tout ce qu'il avait toujours connu. Pour ses parents, il avait été un héritier par défaut, écarté à la seconde où sa sœur était née. Quant aux autres, ils ne s'intéressaient qu'à son pouvoir et sa fortune. Au moins, ils ne s'en cachaient pas. C'était plus simple de le savoir. Cela rendait la vie plus prévisible et évitait les désillusions.

Matteo prit une grande inspiration. Il ne pouvait pas admirer le paysage indéfiniment. Il avait d'autres choses à montrer à Louisa. Lorsqu'il se retourna, elle examinait la pièce. Pour la première fois depuis qu'ils avaient quitté Easton Hall, elle semblait plus sereine. Un sourire flottait sur ses lèvres devant chaque objet familier. Il voulait qu'elle le regarde comme la solution à tous ses problèmes. Quand était-ce devenu aussi important pour lui ? Si en plus cela l'aidait à parvenir à ses fins, d'une pierre deux coups.

— J'ai une autre surprise pour toi.

— Une autre ? N'en as-tu pas déjà assez fait ? protesta-t-elle avec un geste désignant la chambre.

Cela ? Ce n'était rien. Il n'avait fait que payer les personnes nécessaires. Un professionnel pour accélérer l'état des lieux d'Easton Hall et récupérer ses affaires sans danger. Une équipe de décorateurs et de déménageurs pour dénicher les meilleurs remplacements aux objets abîmés par l'eau et la fumée, et aménager la chambre. Celle avec la plus belle vue sur le lac, magnifique en cette saison. Il n'y avait rien que l'argent ne puisse acheter.

Sauf peut-être le renoncement de Louisa à son droit de résidence à Easton Hall... Pour l'instant. Tout le monde avait un prix. Il finirait par trouver le sien.

— Je tiens seulement à ce que tu ne manques de rien, dit-il. Redescendons au rez-de-chaussée.

Son rire joyeux était comme un gazouillis d'oiseau au petit matin.

— Pourquoi avoir commencé par l'étage ?

— Je me suis dit que tu voudrais voir où tu dormais. Cela semble important pour toi.

Son rire céda la place à une expression pensive.

— Tellement peu de gens comprennent...

Lui non plus ne comprenait pas. Mais il pouvait faire semblant. L'idée le dérangea. Peut-être parce qu'en cet instant il avait *envie* de comprendre ce désir d'un endroit à soi, où on se sentait à sa place. Envie de comprendre Louisa. Elle était un mystère fascinant qu'il brûlait de percer à jour. Qu'est-ce qui poussait une jeune femme à s'enterrer dans une vieille maison délabrée pour s'occuper d'une grand-tante âgée ? À fuir la modernité sous toutes ses formes ? Ces dernières années, à force de travailler sans relâche, il avait perdu sa curiosité. Toutes ses interactions s'articulaient en problèmes et solutions. Il était constamment en mouvement, toujours tourné vers la prochaine opportunité. Avec Louisa, il se sentait soudain l'envie de faire une pause et d'en savoir plus.

Cette curiosité s'était retournée contre lui, par le passé.

« Tu veux savoir pourquoi tu ne ressembles pas à tes parents ? »

Toute sa vie, Matteo avait été entouré de blonds aux yeux bleus et au teint pâle. Il ne s'était jamais demandé pourquoi lui avait les yeux marron et brunissait au soleil. Jusqu'à ce qu'un de ses cousins soulève la question. Alors il avait voulu savoir...

« Parce que tu n'es pas un des nôtres. »

La curiosité est un vilain défaut, disait-on.

Il avait interrogé ses parents, qui lui avaient appris la vérité. Il avait été adopté. Mais cela ne faisait aucune différence, avaient-ils assuré. Jusqu'à l'arrivée de Felicity, puis sa maladie, qui avaient exposé leurs mensonges au grand jour.

Tout cela était de l'histoire ancienne. Il y avait longtemps qu'il avait tourné la page. Sa curiosité à propos de Louisa ne serait jamais une mauvaise chose. Plus il en apprendrait sur elle, plus il aurait de cartes en main pour lui faire quitter Easton Hall. À lui de jouer son meilleur atout. Il était presque impatient de voir comment se déroulerait ce petit jeu entre eux. Saurait-il susciter chez elle plus qu'un léger rougissement ? Elle semblait si... pudique. Il imaginait ses doigts dans sa crinière incendiaire, tirant sa tête en arrière pour exposer sa gorge pâle à ses lèvres...

Non. Il n'était pas question de séduction, ici. Louisa était très belle, mais aussi différente de toutes les femmes qu'il avait connues. Son corps réagissait à la nouveauté, rien de plus. Son attrait s'estomperait bien assez tôt.

— Suis-moi, dit-il en indiquant la porte.

Ils redescendirent au rez-de-chaussée. Louisa marchait à ses côtés, vêtue d'une des robes dans lesquelles elle avait défilé devant lui à Milan. Il éprouvait une étrange satisfaction de la voir porter une tenue qui lui plaisait, tout en sachant qu'il l'avait achetée pour elle.

— C'est magnifique, ici. Pas étonnant que tu sois tombé amoureux de cet endroit, commenta-t-elle.

Amoureux. Encore cette notion qui le dépassait.

— Je ne me suis jamais senti chez moi au Royaume-Uni.

— Pour quelle raison ?

Comment pourrait-il répondre à cette question sans se trahir ? Parce qu'il y avait toujours été indésirable. Abandonné par sa mère biologique. Rejeté par ses parents adoptifs. Il éluda.

— Quand j'ai découvert mes origines italiennes, j'ai voulu visiter le pays.

Pour retrouver une trace de sa famille, qui devait forcément vivre là, quelque part, bien que le test ADN n'ait révélé aucun parent. C'était comme si sa mère et son père biologiques n'avaient jamais existé. Matteo était l'unique preuve de leur passage sur Terre. Mais il était là, lui. Il pouvait toujours compter sur lui-même. C'était l'essentiel.

Sauf qu'il était aussi responsable de Louisa, désormais.

— Et tu as ressenti quelque chose ? s'enquit-elle.

— Oui.

— Comme quand on rentre chez soi.

Se pouvait-il… ? Non. Il n'éprouvait plus le besoin de rentrer où que ce soit depuis longtemps. La sensation était libératrice.

— Pas du tout. C'était un point de départ.

L'Italie était le pays de ses débuts. Cette maison. Son premier hôtel. Des étapes clés de sa réussite. Rien de plus.

— As-tu cherché ta famille biologique ? questionna-t-elle.

— Je me suis penché sur une ou deux pistes.

Un mensonge. Il avait payé une fortune les services d'un généalogiste réputé. Sans succès. Qu'est-ce qui lui prenait de parler de cela ? Ce n'était pas son genre de faire des confidences. Cela ne servait à rien. Seulement à ressasser tout ce qui n'allait pas dans sa vie au lieu d'aller de l'avant. Il avait hâte de montrer à Louisa son autre surprise. Peut-être se jetterait-elle de nouveau à son cou ? Un baiser serait encore plus agréable…

— Les as-tu retrouvés ?

Louisa s'était immobilisée au pied de l'escalier. Elle le regardait avec compassion, comme si elle s'intéressait *vraiment* à lui. Elle serait bien la première.

Il secoua la tête, la gorge nouée.

— Mes parents biologiques ? Non. Je me suis résigné à ne jamais les connaître.

Elle serra son bras d'un geste réconfortant. Sa poigne était étonnamment ferme. Il la voyait chétive et fragile. Mais peut-être l'avait-il sous-estimée.

— Je suis désolée. Ce doit être difficile pour toi. Surtout si avec ta famille...

Sa main était chaude sur son bras. Elle le brûlait tel un fer rouge. Il se dégagea. Louisa continuait à le fixer, de ses grands yeux verts qui semblaient sonder son âme. Il n'aimait pas ce regard, de peur de ce qu'il était capable de déceler.

— J'accepte ma vie telle qu'elle est. Ma situation ne me dérange pas. Mais revenons plutôt à toi.

Il lui sourit, du sourire dont il usait en affaires, neutre et dénué d'émotion.

— Hum, d'accord.

La jeune femme le suivit d'un pas hésitant vers une autre pièce. Un salon et son patio décoré de citronniers et de lavande en pots, offrant la plus belle vue sur le lac depuis le rez-de-chaussée. Sa surprise retint immédiatement l'attention de Louisa : sa table à dessin où elle travaillait sur ses illustrations. Elle se précipita vers elle.

« Elle a beaucoup de talent. »

C'était ce que lui avait dit l'entrepreneur lorsqu'il l'avait appelé pour confirmer que les affaires de Louisa avaient bien été récupérées. Cette remarque avait aiguillonné sa jalousie. Lui n'avait jamais vu son travail. Il espérait qu'elle proposerait de le lui montrer. Mais elle n'en fit rien, se contentant de passer en revue ses carnets comme pour vérifier que rien ne manquait.

Elle ouvrait les tiroirs et remuait leur contenu avec d'infinies précautions.

— Tout est là.

— Encore heureux. Quand je donne un ordre, j'attends qu'il soit respecté.

Louisa ne manifestait pas la même excitation qu'à l'étage. Il n'aurait su dire pourquoi il était déçu, ni quelle réaction il attendait exactement. La jeune femme s'approcha de la porte-fenêtre. Le contre-jour dessinait ses jambes par transparence, deux ombres fuselées sous sa robe légère.

— Cela te plaît ? demanda-t-il face à son silence. Je sais que tu détestes rendre ton travail en retard.

Louisa se retourna. Ses yeux verts luisaient, et ses lèvres tremblaient. Matteo accusa le coup. Il fit un pas vers elle.

— Louisa...

Pourquoi ses larmes suscitaient-elles chez lui une réaction aussi viscérale ? Il pourrait les sécher en lui murmurant des mots apaisants. La serrer dans ses bras. Qu'est-ce que cela lui coûterait ? Quelques pas de plus...

Il resta immobile.

— Merci, Matteo. Je... J'apprécie le geste. C'est rare qu'on se donne autant de mal pour moi.

— C'est injuste.

— La vie est injuste.

Il y avait une telle charge émotionnelle dans ces mots. Quoi d'étonnant ? Elle avait perdu ses deux parents, avait été confiée aux soins de Mae dont elle avait ensuite pris soin à la fin de sa vie.

— Pas toujours.

Elle hocha la tête et contempla le paysage derrière la vitre. C'était une de ses pièces préférées de la maison. Il espérait qu'elle l'aimerait aussi.

— C'est parfait, murmura-t-elle. Je n'en attendais pas tant, vu les circonstances.

Matteo saisit cette perche opportune. Il avait une mission :

la convaincre de quitter Easton Hall. Sans oublier le reste de la famille, qui menaçait toujours de contester le testament.

— Le monde regorge de merveilles.

Il possédait des hôtels dans certains des lieux les plus prisés de la planète.

— Venise et ses vieux canaux. Jaipur, la ville rose. Les îles Whitsunday avec leurs plages paradisiaques. J'ai voyagé presque partout.

— Je ne suis jamais allée à la plage.

Elle avait dit cela avec l'air d'avouer un secret honteux. Comment pouvait-on n'avoir jamais vu la mer ? Pourquoi Mae ne l'avait-elle pas davantage encouragée à voyager ? Matteo serra les dents. Louisa vivait coupée du monde alors qu'il y avait tant d'endroits à découvrir. Si elle avait peur de partir seule, il l'accompagnerait voir les lumières de New York, la ville qui ne dort jamais. Les pyramides d'Égypte et leur histoire. Ils déambuleraient ensemble dans les rues de Paris, capitale du romantisme...

Pourquoi pensait-il à cela ? Le romantisme ne l'intéressait pas. Même lorsqu'il avait acheté son hôtel parisien. Ce n'était qu'un lieu de séjour parmi d'autres dans sa vie nomade.

— J'ai une plage au bord du lac. Ce n'est pas l'océan, mais elle est privée. On peut y aller maintenant si tu veux.

Il voulait revoir la joie sur son visage. L'entendre rire à nouveau.

Elle esquissa un sourire.

— Merci, c'est gentil. Peut-être plus tard ? J'aimerais travailler un peu d'abord. Il faut vraiment que je m'y remette.

Matteo ravala sa déception. C'était aussi bien. Il avait du travail, lui aussi. Un compte rendu de son ingénieur à propos d'Easton Hall à lire. Une déclaration de sinistre à gérer. Il emmènerait Louisa au lac plus tard. Ce serait comme des vacances pour elle. Une grande aventure qui lui ferait prendre conscience qu'elle gâchait sa vie à jouer les ermites dans ce vieux manoir rongé par les moisissures. Le monde lui appartenait. Il la paierait grassement pour lui permettre de le sillonner à sa guise. Elle pourrait séjourner dans ses hôtels lors de ses voyages. Un moyen de garder un œil sur elle, de veiller à sa sécurité et ainsi de tenir sa promesse à Mae.

Alors pourquoi la pensée de Louisa voyageant seule lui faisait-elle monter la bile à la gorge ?

— De combien de temps as-tu besoin ?

— Disons, deux heures ?

Elle revint à sa table de travail. Effleura ses carnets, ses pinceaux, sa boîte de peintures. Son expression en cet instant... Une joie pure, sans fard. Peut-être ce qui se rapprochait le plus du bonheur.

Avait-il déjà éprouvé quelque chose de semblable dans son travail ? C'était plus un moyen de parvenir à ses fins. Un domaine dans lequel il excellait. Mais une passion ? Pas sûr. Sa détermination était ce qui le faisait avancer. Son succès dépassait de loin ses espoirs initiaux. Il était connu dans le monde entier pour ses hôtels et retraites tout confort, uniques en leur genre, où l'on se sentait « plus chez soi que chez soi ».

Ce qui faisait de lui le numéro un mondial était son ambition et son perfectionnisme. Il prenait rarement de jours de congé et ne s'autorisait aucune distraction. Pourtant, Louisa s'immisçait de plus en plus dans ses pensées. Peut-être parce qu'elle et Easton Hall étaient inextricablement liés. Easton Hall représentait sa victoire ultime. Le domaine ancestral des Bainbridge, arraché à sa prétendue famille pour venir s'ajouter à son propre empire. C'était sur cet objectif qu'il devait se focaliser.

Louisa s'installa à son bureau. Aujourd'hui, ses cheveux étaient noués en une longue natte tombant dans son dos. Il les préférait détachés, cascadant en vagues flamboyantes...

Plus tard.

— Je passe te chercher dans deux heures, lança-t-il depuis le seuil.

Louisa était déjà plongée dans son travail, ses lunettes de lecture sur le nez. Il ne l'avait plus vue les porter depuis le jour de son arrivée à Easton Hall. Elle était adorable avec. Studieuse et concentrée. Une autre facette d'elle qu'il avait hâte d'explorer.

Il secoua la tête. Non, Louisa était une distraction. Il devait l'ignorer. Alors pourquoi éprouvait-il autant de mal à la quitter ?

6

Dans ses bons jours, Louisa trouvait tout de suite son rythme. Son stylo courait sur le papier, et les couleurs venaient d'elles-mêmes. Elle ne faisait plus qu'une avec ses illustrations. C'était le cas aujourd'hui, mais il y avait quelque chose de différent. Comme si le soleil d'Italie rendait ses dessins plus vibrants. Les couleurs plus vives. Elle remonta ses lunettes sur son nez. Sur la page bondissait un autre Prince Crapaud tracé à l'encre, avec son éternel sourire satisfait et sa couronne de travers. Souvent, ses personnages prenaient vie, doués de leur personnalité singulière. Elle ajouta quelques brins de lavande au premier plan. Un lac au second. Un château et des montagnes au loin.

Pouvait-elle incorporer à l'histoire l'évolution de ses dessins ? Commencer avec des couleurs pastel et augmenter la saturation au fil des péripéties ? Cela changeait de son style habituel. Mais c'était une idée à creuser.

La nouveauté lui plaisait. Louisa avait beau adorer son travail, il y avait longtemps qu'elle n'avait plus été aussi excitée. L'inspiration jaillissait et guidait sa main dans un élan de créativité sans limites. Elle ajouta quelques papillons ici et là. Comme ceux qui voltigeaient dans son ventre. Mais ceux-là n'avaient rien à voir avec ses illustrations.

Matteo allait l'emmener à la plage.

Elle en avait déjà vu en photo, bien sûr. La bibliothèque d'Easton Hall avait été une formidable source d'éducation lorsqu'elle était adolescente. Même si certains livres n'étaient peut-être pas tout à fait appropriés à son âge… Le grand-oncle Gerald possédait une édifiante collection d'art et littérature érotiques. Louisa glissa un regard vers le carnet à couverture beige consacré uniquement à ses croquis personnels. Ses cauchemars. Ses fantasmes. Des dessins que personne ne verrait jamais.

Un coup à la porte la fit sursauter.

— Entre ! lança-t-elle.

Les papillons dans son ventre redoublèrent. Matteo avait passé une tenue plus décontractée : un polo épousant son torse dans ses moindres reliefs et un bermuda laissant voir ses mollets musclés. Une vague de chaleur la submergea. Seigneur, elle devait être rouge écarlate !

Elle ne s'était jamais intéressée aux hommes auparavant. Ceux travaillant au domaine étaient trop âgés, au service de Mae depuis des années. Il y avait bien ce jeune homme à l'épicerie du village qui lui souriait quand elle entrait. Mais son sourire ne la mettait pas dans tous ses états. Il n'irradiait pas cette force virile comme Matteo. Il n'était pas un tourbillon capable de l'emporter à tout instant…

Moi qui n'attendais que cela. D'où lui venait une idée pareille ?

— Prête ? Ou as-tu besoin de plus de temps ?

Matteo s'approcha. Louisa ferma précipitamment son carnet. Qu'il voie son travail l'embarrassait. Elle illustrait des livres pour enfants, alors qu'il dirigeait une chaîne hôtelière internationale valant… Elle n'aurait su dire combien. Mais un homme qui possédait un jet privé et des maisons partout dans le monde ne pouvait qu'être extrêmement riche.

— Non, je suis prête.

Sa robe actuelle ferait l'affaire. Aucun des vêtements choisis à Milan ne convenait pour la plage. Elle posa ses lunettes sur le bureau avant de suivre Matteo dehors. Ils empruntèrent une allée pavée descendant vers le lac au milieu d'une profusion de fleurs. Pétunias. Géraniums. Bougainvilliers. Cet endroit était si différent d'Easton Hall et son atmosphère, si surannée. Tout y était... exalté. Hyper réel.

— Viens-tu souvent ici ? demanda-t-elle.

Elle avait tant de questions. Des recherches sur lui en ligne ne fournissaient que de vagues informations. Tout ce que Louisa savait de Matteo venait de ce bref été qu'ils avaient passé ensemble et de ce que Mae lui avait raconté. Comment il avait réussi par lui-même. Comment lui et sa famille ne s'entendaient pas. Elle voulait en apprendre plus. Tout connaître de lui, sans vraiment s'expliquer pourquoi.

Matteo haussa les épaules.

— Plus vraiment.

Il marchait devant elle, en longues enjambées qui l'obligeaient à trottiner pour ne pas se laisser distancer. Elle ne se plaignait pas, libre d'admirer tout à loisir son large dos et ses fesses moulées par le bermuda. N'était-ce pas le traiter en objet ? Peut-être. Et lui, en faisait-il autant avec elle ? L'idée lui mit le feu aux joues.

— Pour quelle raison ?

Il ralentit le pas afin qu'elle le rattrape.

— Le travail, essentiellement. Je ne reste jamais longtemps au même endroit.

Ne pas avoir de chez-elle où rentrer était inconcevable pour Louisa.

— Je ne me verrais pas voyager constamment comme tu le fais...

— Je ne me verrais pas vivre autrement, répliqua Matteo. Le monde n'a d'autres limites que celles qu'on s'impose.

— Est-ce une façon de me dire de sortir de ma zone de confort ?

Son rire ricocha sur sa peau, grave et malicieux. Un agréable frisson la parcourut. Il lui sourit, et ce sourire était comme un chocolat chaud par un hiver glacial. Velouté. Addictif.

— En effet.

D'autres avaient essayé, y compris Mae. Personne ne comprenait pourquoi elle se plaisait autant à Easton Hall. Personne ne pouvait deviner combien un foyer stable comptait pour elle, après ce qu'elle avait vécu. Elle devait tellement à Mae ! Sa grand-tante avait sacrifié des années de sa vie pour s'occuper d'une adolescente traumatisée. Prendre soin d'elle à son tour dans ses dernières années était allé de soi.

Qu'est-ce qui poussait Matteo à ne jamais s'arrêter ? Il devait bien y avoir une raison. N'était-ce pas naturel de vouloir un endroit à soi, où rentrer entre deux voyages ? C'était l'essence même de son métier. Il érigeait des hôtels partout dans le monde, des lieux de détente où les gens se sentaient à la maison même loin de chez eux, sans rien posséder que lui-même considère comme tel.

Le chemin leur fit traverser un bosquet d'arbres, pour finalement déboucher sur une étendue d'herbe et le lac au-delà.

— On y est presque, dit Matteo.

Il accéléra le pas, comme s'il était excité. Louisa synchronisa son allure à la sienne. Bientôt, ils atteignirent une terrasse dallée entourée d'une balustrade surplombant le lac. Un escalier descendait directement vers l'eau.

— Désolé, il n'y a pas de sable.

Elle le suivit sur une plage de galets, inégaux sous ses ballerines. Des arbres se dressaient ici et là le long de la rive. À l'ombre de l'un d'eux étaient disposées une table et des chaises. Les eaux bleues du lac s'étendaient sous ses yeux, encadrées par les montagnes. Le soleil de fin d'après-midi lui chauffait agréablement la peau. La beauté du paysage eut un effet relaxant sur Louisa. Les nœuds dans son cou et ses épaules se dénouèrent. Matteo enleva ses chaussures et entra dans l'eau jusqu'aux mollets, contemplant le lac comme s'il en était le seigneur. Louisa s'approcha à son tour, plus timorée. Un frisson la parcourut devant ses profondeurs insondables.

— Tu viens ? lança Matteo.

Comme elle aimerait lui ressembler ! Ignorer toute prudence et se jeter à l'eau. Mais une voix familière s'éleva dans sa tête.

— Ma mère me l'aurait interdit.

Pourquoi surgissait-elle toujours dans sa conscience pour s'interposer chaque fois que Louisa voulait quelque chose ?

— Pour quelle raison ? demanda Matteo.

— À cause des germes. Elle disait qu'on ne savait jamais ce qui grouillait dans des eaux sans chlore.

— Le risque est partout, répliqua-t-il en riant. Ta mère n'est pas là aujourd'hui.

Non, effectivement. Louisa retira ses chaussures. Les galets étaient froids sous ses pieds nus. L'eau lapait le rivage à une vingtaine de centimètres de ses orteils. L'angoisse la gagna. Le sol se dérobait, le paysage vacillait autour d'elle. Elle leva les yeux vers Matteo, et son sourire patient l'apaisa. Tout redevint stable et solide.

— Viens, dit-il gentiment, pour l'encourager.

Percevait-il sa peur ? Difficile de surmonter des années de conditionnement. Sa robe tombait sous le genou et risquait d'être mouillée. Elle pouvait toujours la relever. Tant de choses à prendre en compte...

Matteo revint vers elle jusqu'à ce que l'eau ne lui arrive plus qu'aux chevilles.

— Je te préviens, l'eau est assez froide. Elle descend des montagnes...

— Je ne sais pas nager, lâcha-t-elle à brûle-pourpoint.

L'aveu avait simplement jailli de ses lèvres. Encore une défaillance chez elle. Une autre aptitude dont sa mère l'avait privée.

« Et si je ne suis pas là quand tu nages et que tu te noies ? »

Toujours la peur du pire. Aujourd'hui, Louisa comprenait que c'était moins par amour que par besoin de la contrôler. Sa mère refusait de voir que le plus grand danger pour sa fille était de ne pas être armée pour y faire face. Ou peut-être s'en moquait-elle.

Matteo ouvrit des yeux incrédules.

— Tu ne sais pas...

— Nager, répéta-t-elle plus fermement.

Peu de gens savaient ce qu'elle avait enduré. La force qu'il lui avait fallu pour survivre. Elle avait juste besoin de s'en souvenir aussi par moments. Le lac scintillait au soleil. Sa fraîcheur lui faisait envie. Restait à surmonter sa peur de l'inconnu solidement ancrée.

— L'eau est peu profonde ici, et le fond est plat, dit Matteo. Prends ma main.

Louisa hésita. Son regard passa de son bras tendu à son sourire encourageant.

— Tu ne risques rien avec moi.

Elle baissa les yeux sur ses orteils, à quelques centimètres de l'eau. Alors elle inspira, coinça sa robe dans sa culotte et attrapa la main de Matteo. Avec douceur, il la guida vers lui. Le contact de l'eau froide sur ses pieds lui arracha un petit cri. Elle continua à avancer. Son cœur battait de plus en plus vite à mesure qu'il l'attirait vers lui.

Mais il ne la serra pas dans ses bras, comme plus tôt dans l'après-midi. Quand elle s'était jetée à son cou. Elle voulait juste lui témoigner sa reconnaissance. Puis le moment s'était transformé en autre chose… Quelque chose qu'elle se refusait à nommer, mais qui la tiendrait éveillée ce soir-là, dans son lit, et lui inspirerait de nouveaux dessins destinés à elle seule dans son carnet secret. Autant de fantasmes condamnés à rester confinés dans ces pages. Comment pourraient-ils se concrétiser avec Matteo ? Il était l'ennemi. Elle ne devait pas l'oublier.

Mais était-ce vraiment le cas ?

Matteo serra ses doigts dans les siens.

— Ce n'est pas si terrible, pas vrai ?

Non, c'était même l'inverse. Louisa se sentait légère et libre, inondée d'une joie insouciante qu'elle n'avait plus ressentie depuis… depuis ses vacances chez Mae, enfant. Et surtout ce fameux été avec Matteo. Elle n'avait aucune peur, alors. Elle était trop jeune pour comprendre que son père allait mourir. Elle était juste une gamine heureuse d'oublier, l'espace d'un été, la maladie de son père et la négligence de sa mère.

Matteo était plus âgé, plus hardi. Il lui paraissait tellement courageux ! Ils jouaient dans le ruisseau traversant le parc et cherchaient des passages secrets derrière les murs d'Easton Hall. Une fois, ils avaient mangé tellement de fruits rouges du jardin qu'ils en avaient eu mal au ventre ! Pouvait-elle redevenir la Louisa de cette époque, curieuse et avide d'explorer ? D'année en année, cette part d'elle s'était éteinte. Douze ans plus tard, Louisa se sentait... bloquée. Embourbée dans ses peurs. Elle lâcha la main de Matteo. Cet été-là lui avait donné ses meilleurs souvenirs. Elle et Matteo étaient toujours ensemble à faire les quatre cents coups. Un souvenir particulier lui revint...

— Tu m'as fait embrasser un crapaud !

Il plaqua une main sur son torse en prenant un air outré.

— Moi ? Jamais.

— Si ! Tu as attrapé un crapaud et m'as juré que, si je l'embrassais, il se transformerait en prince et m'épouserait, et que je pourrais avoir une tiare et un poney.

— Tu illustres des livres pour enfants. Es-tu sûre de ne pas confondre avec une de tes histoires ?

Sa question la fit douter. Se pouvait-il qu'elle se trompe ? Les autres savaient toujours mieux qu'elle. Si sa mère la couvait, c'était pour son bien, parce qu'elle était faible et ignorante...

Un sourire joua sur les lèvres de Matteo. Mi-espiègle, mi-suffisant. Le même que celui de ce maudit Prince Crapaud qu'elle ne parvenait pas à dessiner comme elle voulait.

— Toi, tu essaies de me mener en bateau !

Il éclata de rire. Un rire spontané et joyeux qui réveilla les papillons dans son ventre.

— Je n'en suis pas fier. Mais, pour ma défense, je ne pensais pas que tu le ferais.

Elle planta les poings sur ses hanches.

— Je suis sûre que si.

— Mais non. C'était clairement un mensonge.

— J'avais six ans !

Elle shoota dans l'eau, et des gouttes éclaboussèrent son bermuda.

— Je t'idolâtrais. Tu étais mon héros.

— Ton héros ?

Sa voix était devenue étrangement éraillée.

— Tu le sais très bien, insista-t-elle. Tu adorais cela, même si tu faisais semblant de rien. Cela t'amusait que je croie tout ce que tu racontais.

Elle donna un autre coup de pied dans l'eau, plus fort cette fois, qui mouilla son bermuda. Il plissa les yeux avec un petit sourire.

— C'est un jeu dangereux auquel tu joues...

— Quel jeu ? répliqua-t-elle en levant le menton.

— Celui où tu finis trempée si tu continues.

— Tu n'oserais pas.

Pour toute réponse, il plongea la main dans l'eau et l'éclaboussa à son tour. Louisa contre-attaqua d'un nouveau coup de pied. Cette fois, l'eau atteignit son polo.

— Très bien. Si tu veux la guerre...

Elle gloussa en le voyant s'élancer vers elle et courut hors de l'eau. Sa robe entravait ses mouvements, mais elle ne cherchait pas vraiment à semer Matteo. Son cœur battait follement dans sa poitrine. Elle sautillait sur les galets en riant, tous ses soucis oubliés. Matteo ne semblait pas pressé de la rattraper non plus. La chasse était plus excitante que la capture. Soudain, un bras s'enroula autour de sa taille, et elle se sentit plaquée contre un mur de muscles. Elle eut beau se débattre, Matteo la souleva sans peine et retourna dans le lac.

— N'y pense même pas ! protesta-t-elle entre deux rires.

— Je t'avais prévenue.

Elle se tortilla dans ses bras. Mais, s'il la lâchait, elle tomberait à l'eau.

— Tu ne le feras pas, affirma-t-elle avec bravade.

Ses cils étaient si longs ! Une lueur malicieuse brillait dans ses yeux bruns. Autre chose aussi, plus intense.

— Qui joue avec le feu se brûle...

— Nous sommes dans l'eau, Matteo.

— Justement. Je t'avais dit que tu finirais trempée. Je tiens toujours mes promesses.

L'air se chargea d'électricité. Tout prenait soudain une connotation différente. Son étreinte ferme autour d'elle. Elle se trémoussant contre lui. Son corps s'embrasa. Peut-être avait-elle effectivement besoin d'un bain froid...

Il arqua un sourcil.

— Alors ? Vas-tu être sage, maintenant ?

Louisa l'avait toujours été. Elle avait toujours fait ce qu'on lui demandait. Si elle obéissait, elle irait mieux, lui répétait-on. Un mensonge. Il était temps de changer le script.

— Mmh... Non. Je n'ai pas envie d'être sage.

Mon Dieu, c'était si libérateur ! Elle renversa la tête en arrière dans un grand rire.

— Moi non plus, murmura Matteo en penchant la tête.

Ses lèvres sur sa gorge lui firent l'effet d'une décharge de dix mille volts. Le rire de Louisa mourut sous leur caresse. Elles erraient sur sa peau, douces et tièdes, tirant d'elle des sons inconnus, entre soupir et gémissement. Ses tétons durcirent dans son soutien-gorge. Une moiteur se répandait entre ses cuisses. Elle voulait Matteo. Comme elle n'avait jamais voulu rien ni personne d'autre. Ce désir la consumait tout entière, son corps réduit à un magma de sensations.

Matteo la désirait-il aussi ? Ses lèvres voletaient sur sa gorge. Traçaient un sillon de feu le long de sa mâchoire. Elle tourna la tête, et leurs souffles se mêlèrent comme leurs bouches s'unissaient. Louisa était captive de cette merveilleuse ivresse. Ses lèvres s'entrouvrirent d'elles-mêmes. La langue de Matteo se glissa dans sa bouche, effleurant la sienne par petites touches. Un baiser tout en délicatesse, auquel Matteo mit fin le premier.

Il recula la tête. Ses pupilles si dilatées qu'elles mangeaient le brun de ses yeux.

— Avant de te jeter à l'eau, je dois d'abord t'apprendre à nager. Une étape après l'autre.

Son visage trahissait-il son désir ? C'était un miracle qu'elle ne se soit pas enflammée telle une torche. Quant à Matteo… Il parlait d'apprendre à nager. Mais elle était certaine qu'il était question de tout autre chose.

Que venait-il de se passer ? Pourquoi s'était-elle laissé faire ?

Il sortit de l'eau et la posa à terre. Son corps glissa contre le sien, tout en muscles. Elle était presque déçue qu'il ne mette pas sa menace à exécution. Ou était-ce une promesse ?

— Ça me plairait bien.

Sa voix était hachée, comme si elle avait couru un marathon. Mieux valait qu'elle ne se fasse pas d'illusions. Combien de fausses promesses avait-elle entendues ? Surtout de la part de sa mère.

« Prends ce médicament, tu te sentiras mieux.

Ce nouveau médecin va te guérir. »

Tous les médicaments avaient l'effet inverse, et aucun médecin ne pouvait guérir une maladie imaginaire.

Ces souvenirs la refroidirent plus sûrement que si elle avait été jetée à l'eau. Matteo hocha la tête. Le charme était rompu.

— Je… Je ferais mieux de retourner travailler, bredouilla-t-elle.

— Très bien. On se retrouve pour le dîner. Je passe te chercher vers 8 heures.

— Merci. À tout à l'heure.

Elle ramassa ses chaussures et se dirigea vers la maison d'un pas chancelant. Ses jambes la portaient à peine. Matteo, lui, n'avait pas bougé.

— J'aimerais beaucoup les voir, lança-t-il derrière elle. Tes dessins…

Elle acquiesça, bien qu'elle ne laissât jamais personne voir son travail en cours. Comme si la magie risquait de s'évanouir si on la regardait faire.

— Quand ce sera fini, répondit-elle.

— Je suis impatient.

Louisa aurait aimé pouvoir le croire.

7

Matteo avait commis un sérieux faux pas. Plusieurs jours s'étaient écoulés depuis son moment d'égarement au lac, lorsqu'il avait embrassé la gorge offerte de Louisa. Comme sous le joug d'un enchantement, sa bouche avait cherché la sienne...

« Je n'ai pas envie d'être sage. »

Un état d'esprit partagé. À la seconde où ses lèvres avaient effleuré sa peau, il avait signé sa perte. Il était condamné à vouloir plus. Ses petits soupirs. Sa bouche s'ouvrant pour lui. Sa langue timide contre la sienne. Il ne pensait qu'à cela.

Et Louisa ? Difficile à dire. Il craignait de l'avoir effrayée. Elle avait été aussi troublée que lui, il en était convaincu. Ses joues étaient en feu lorsqu'il l'avait posée à terre. Ses tétons pointaient sous son corsage. Mais depuis elle passait ses journées entières enfermée dans sa pièce à travailler, ne sortant que pour les repas. Comme si elle l'évitait ou qu'il n'existait pas.

Il devait rectifier le tir. S'excuser, même s'il n'était pas désolé. Il la désirait contre toute raison. Il s'ébroua mentalement pour chasser l'image de Louisa dans ses bras. Il voyait sa tête renversée en arrière, non plus dans un éclat de rire, mais dans un cri d'extase...

Non, il ne devait pas.

Pourquoi ?

Cette question tournait dans sa tête tel un disque rayé. Ils étaient deux adultes, clairement attirés l'un par l'autre.

Pourquoi ? Pourquoi ? Pourquoi ?

La même réponse revenait en boucle. Parce que Louisa était innocente. Matteo, lui, ne l'était plus depuis longtemps. La vie était cruelle et le lui avait prouvé. Pourtant, cet après-midi-là au lac, il avait simplement pris ce qu'il voulait. Sans rien demander. Pour Louisa, qui vivait en recluse depuis des années, son geste avait dû être un choc. Il devait se faire pardonner. Qu'elle le fuie par peur de lui allait à l'encontre de ses projets. La jeune femme avait la vie devant elle, un monde à explorer... Et un droit de résidence à céder. La séduire n'était pas la meilleure stratégie pour parvenir à ses fins. Aussi tentante soit-elle.

Matteo se dirigea vers la pièce de Louisa, qu'il appelait désormais son bureau. Il frappa à la porte. Pas de réponse. Il entra malgré tout. Elle ne pourrait pas l'éviter éternellement. Ils devaient crever l'abcès. Peut-être était-elle sortie se promener ? Elle semblait adorer les jardins. Plusieurs fois, il avait entrevu un éclair roux entre les arbres. Mais, quand il essayait de la rejoindre, elle se volatilisait tel un fantôme.

C'était incroyablement frustrant ! Tout comme ses réponses évasives lorsqu'il était question de lui montrer ses dessins. Elle n'avait pas dit non. Mais sans plus de précisions, et rien ne se passait.

Il s'approcha de sa table de travail. Le matériel était soigneusement rangé, une pile de carnets posée à côté. Des illustrations étaient punaisées sur la surface du bureau, un peu comme un tableau d'humeur. Des croquis à l'encre d'un crapaud... royal ? Avec du caractère, à en juger par sa couronne de travers et son sourire narquois. Le sens du détail était remarquable. La veste rouge cintrée semblait vraiment en velours. Tout cela au crayon de couleur et à l'encre ? Le pantalon bouffant à rayures bleues et jaunes. Le grain de la peau. Le rendu était extraordinaire.

Matteo sourit. Il avait envie de connaître l'histoire, maintenant. Il s'en voulait de ne pas s'y être intéressé plus tôt. Ces dessins faisaient partie intégrante de la personne qu'était Louisa.

Dévouée à son travail. Fière de ses illustrations. Respectueuse des délais. Il posa le regard sur la pile de carnets.

« Elle a beaucoup de talent. »

C'était ce qu'avait dit le déménageur. Il avait failli le réprimander d'avoir regardé. Mais pourquoi gardait-elle ces dessins cachés ? Encore une tentation... Inoffensive, celle-là. Quel mal y avait-il à jeter un coup d'œil ? Il saisit le carnet au sommet de la pile, celui avec une couverture beige, le posa sur le bureau et l'ouvrit.

Ces dessins-là étaient différents de ceux punaisés sur la table de travail. Ils n'avaient rien de fantasque ni d'amusant. Les pages étaient remplies de créatures terrifiantes à l'encre noire, dissimulées dans l'ombre avec leurs visages grimaçants et leurs sourires diaboliques, leurs mains crochues jaillissant de l'obscurité pour vous attraper.

Des cauchemars.

La nuit de l'orage, ce cri qui l'avait sorti du lit... Était-ce Louisa ? Une colère sourde le saisit, sans personne contre qui la diriger. Il voulait savoir ce qui était la cause de toute cette terreur. Peut-être y remédier à sa façon ?

Il continua à tourner les pages. Les dessins changèrent. C'étaient des gens, à présent. Ou plutôt des parties du corps. Des mains, des pieds, des yeux, tous très détaillés. Ces dessins avaient quelque chose d'intime. Dessinés d'après nature ? Sans doute pas. La jalousie lui vrilla la poitrine. Ils représentaient tous un homme. Ces croquis lui paraissaient familiers, sans qu'il parvienne à savoir pourquoi.

Quelques pages plus loin, il tomba sur un dessin d'un David en pied. Sur la page d'à côté, Louisa l'avait redessiné, non plus comme une statue, mais comme un homme. Elle n'avait jamais voyagé auparavant. Elle avait dû s'inspirer d'une photo. Rendre la texture du marbre, puis lui donner vie au crayon et à l'encre... C'était du génie. Il devrait arrêter là. Ce carnet était à l'évidence très personnel, sans rapport avec son travail. Mais impossible de le lâcher. Matteo était comme envoûté. Dans ces pages se cachait la vraie Louisa. Quels autres secrets recelaient-elles ? Il voulait savoir ce qui la faisait réagir. Alors il continua, jusqu'à ce que le thème change à nouveau.

Un croquis d'un couple. Si les dessins d'avant lui avaient paru intimes, celui-ci montrait une *vraie* scène d'intimité. L'homme et la femme étaient nus. Très peu de lignes étaient encrées, et leurs visages étaient invisibles. Mais ce qu'ils faisaient ne laissait aucun doute. Autre page, autre scène. Un couple allongé sur un lit. Des draps froissés. La main de l'homme posée sur le ventre de sa partenaire. C'était comme épier dans l'âme de Louisa. Suivait une série de détails. Des mains agrippant les draps. Des dos arqués. Des doigts enfoncés dans la peau. Deux corps unis.

Sa température interne monta de plusieurs degrés. Il continuait à tourner les pages, en transe. Ces dessins étaient superbes, d'un érotisme inouï. Des couples qui s'embrassaient. Se caressaient. Faisaient l'amour. Des bouches avides et des mains aventureuses. Quel contraste avec l'innocence que projetait Louisa ! Matteo était hypnotisé. Il ne se demandait plus s'il devait s'arrêter ou non. C'était plus fort que lui.

Puis vint le dernier dessin. Un couple nu et enlacé, enveloppé dans ce qui ressemblait à... du vent ? Des feuilles voltigeaient autour d'eux comme s'ils flottaient dans les airs. La longue chevelure de la femme se fondait dans le tourbillon. L'homme avait les cheveux sombres et les lèvres pressées sur sa gorge.

Étaient-ce ses fantasmes ? Ils restaient assez sages. Mais que ces dessins viennent de Louisa, qui avait passé l'essentiel de sa vie isolée... Et lui qui se rabrouait pour un simple baiser ! Ces scènes ne dépeignaient pas de mièvres amourettes. Elles débordaient de passion sensuelle. D'un désir qu'il savait exactement comment satisfaire...

— Qu'est-ce que tu fais ?

Il n'avait pas entendu la porte s'ouvrir. *Pris en flagrant délit.* Il referma vivement le carnet sur le bureau.

Les yeux de Louisa tombèrent dessus. Elle marcha droit sur

lui, les lèvres serrées. Le visage crispé de colère. Elle s'empara du carnet et le pressa contre sa poitrine.

— Tu n'avais pas le droit. C'est personnel.

Elle avait parlé très bas. Cette intonation... accusatrice. Il avait le sentiment de s'être imposé dans sa vie et ses secrets. Ses joues étaient écarlates. Il aimait sa façon de rougir. Mais ce n'était pas par innocence, cette fois. Il était clair qu'elle se sentait humiliée.

— Je sais.

Matteo avait honte. Il l'avait embarrassée en s'immisçant dans son intimité. C'était mal. Mais il ne le regrettait qu'en partie, car il avait appris quelque chose sur Louisa. Il avait entrevu le désir qui l'habitait.

— Ce sont des choses que tu n'avais pas à voir. Ni toi ni personne.

— Je suis désolé.

Elle pivota sur elle-même, et ses cheveux tourbillonnèrent comme ceux de la femme sur le dernier dessin. Dans sa colère, elle brûlait telle une flamme ardente.

— Vraiment ? Alors que faisais-tu ici ?

Il leva une main conciliante.

— Je te cherchais. Comme je ne t'ai pas beaucoup vue ces derniers jours, je pensais que tu m'évitais.

— Je *travaillais*, Matteo. Est-ce si difficile à comprendre ?

— Non, pas du tout.

Il s'en voulait d'avoir minimisé son travail, jusque-là. La première fois qu'elle avait évoqué son délai et réclamé ses affaires, il avait balayé ses inquiétudes en lui conseillant de s'amuser et de prendre des vacances.

— Tu es extrêmement douée, dit-il avec sincérité.

Ses joues s'empourprèrent un peu plus. Elle se mordit la lèvre, le carnet serré contre son cœur. Les doigts crispés dessus au point de blanchir.

— Tu sais ce que je crois ? Que tu as honte de ce que je viens de voir. Il n'y a pas de raison.

— Comment pourrais-tu savoir ce que je ressens ?

— Parce que je suis humain, répondit-il. Ces dessins parlent d'humanité et de passion. Il n'y a rien de honteux à cela. Je ne te juge pas.

Elle se recroquevilla, épaules ramassées et menton baissé. Ses cheveux lui couvraient le visage.

— Tu mens.

— Pourquoi mentirais-je ?

Il voulait qu'elle le regarde. Qu'elle soit fière de ce qu'il avait vu. Au lieu de quoi, elle lui tourna le dos avec un rire amer.

— Les gens mentent sans arrêt, Matteo. Ils disent des choses qu'ils ne pensent pas, sans se soucier du mal qu'ils font aux autres.

La colère lui tordit les tripes. Qui lui avait fait du mal ? Qui était responsable de sa détresse ? Qui lui avait inspiré ces dessins ? Pas les scènes d'étreintes charnelles. Les autres, plus sombres. Celles qui représentaient non ses désirs, mais ses peurs. Il était autant en colère contre lui-même. Lui aussi l'avait blessée par sa curiosité mal placée. Tout le monde avait ses secrets. Louisa pouvait garder les siens. Tout ce qu'il cherchait était une brèche dans ses défenses, et il l'avait trouvée. Il savait maintenant comment lui montrer qu'elle gâchait sa vie dans cette vieille demeure isolée avec ses employés pour seule compagnie. Elle était une femme de passion et de désir. Elle voulait plus. Un monde d'opportunités n'attendait qu'elle.

Il devait rattraper son indiscrétion. Elle voulait la vérité. Il voulait sa confiance. C'était donnant-donnant. À lui de faire un pas en se livrant à son tour. Pas trop, juste ce qu'il fallait pour la convaincre qu'il ne mentait pas. Cela l'obligeait à remuer des souvenirs qu'il aurait préféré garder enfouis. Certaines vérités devenaient une arme entre les mauvaises mains. Mais il ne risquait rien avec Louisa. *Lulu.* Elle ne ferait pas de mal à une mouche.

— Je sais ce que c'est, souffla-t-il. Les gens qui vous mentent... Je me suis promis de ne jamais mentir à personne. Même si la vérité blesse.

Louisa se cramponnait à son carnet comme à une bouée de sauvetage. Ce carnet que personne n'était censé voir. Il renfermait ses pires cauchemars, ceux où la peur la rattrapait au point de la réveiller la nuit. Alors elle les dessinait, avec l'espoir qu'une fois capturés sur le papier ils cesseraient de la hanter. Puis venaient les autres rêves. Ses fantasmes. Ceux-là la tourmentaient d'une autre façon. Elle les dessinait pour les rendre réels. Donner forme à ce désir qui l'habitait, détaché de toute aspiration romantique. Les rêves, avait-elle fini par apprendre, ne pouvaient pas vous faire de mal. Contrairement aux gens. Avec eux, le jeu n'en valait pas la chandelle. Pourtant…

Elle était restée paralysée sur le seuil de son bureau en surprenant Matteo. Fascinée. Par l'intensité de son expression alors qu'il feuilletait son carnet intime. Par ses mains tournant les pages avec précaution, presque avec révérence. Avant que la colère l'emporte, elle avait imaginé ces mains sur son corps. Le dernier dessin… Un homme et une femme enlacés, emportés dans un tourbillon. C'était ce qu'elle avait ressenti au lac, dans les bras de Matteo. Quand ses lèvres s'étaient égarées sur sa peau. Leur baiser l'avait remuée au plus profond d'elle-même. Elle avait eu l'impression de découvrir enfin cette part manquante d'elle-même. Ici, dans ce coin de paradis loin de tout ce qu'elle connaissait, ses peurs commençaient à s'effacer, chassées par une flamme naissante. Un appel insistant à combler ce vide en elle…

Il avait raison. Elle l'avait bien évité. Son travail était l'excuse parfaite. Mais il était là, à présent. Devant elle. L'objet de son désir grandissant. Il prétendait savoir le mal que causait le mensonge. Tant qu'ils parlaient de lui, ils ne parlaient pas d'elle, ni de ce qu'il avait vu.

— Qui t'a menti ? demanda-t-elle.

Il s'approcha de la porte-fenêtre, les mains dans les poches. Comme pour prendre de la distance avec ses souvenirs. Son regard se perdit vers le lac. La tension émanant de lui dressait un mur invisible entre eux.

— Quand j'avais six ans, un cousin plus âgé m'a appris que je n'étais pas un vrai Bainbridge. Que j'avais été adopté et ne serais jamais l'un des leurs. Je ne me doutais de rien avant ce jour-là.

Le cœur de Louisa se serra. Elle n'osait imaginer ce qu'il avait dû ressentir. Comment pouvait-on être aussi cruel avec un enfant ? Non que cela l'étonnât de la part de cette famille. Leur nom et leur sang étaient tout ce qui comptait pour eux.

— Matteo, je...

Il l'interrompit d'un geste sec. D'accord, il ne voulait pas en parler. Elle comprenait. La pitié des policiers lorsque sa mère avait enfin été arrêtée. La compassion de la psychologue. Très vite, elle en avait eu assez. Pendant des années, on l'avait crue malade. À présent, on ne la voyait plus que comme une victime, brisée par la maltraitance. Alors que tout ce qu'elle voulait était que les choses redeviennent comme avant, quand elle était une enfant normale avec son père à ses côtés et toute la vie devant elle.

— C'était un mal pour un bien, reprit-il. J'ai enfin compris pourquoi mes parents ne me traitaient pas comme Felicity. Pourquoi ils m'ont envoyé en pension quand elle est tombée malade. C'était évident. Je n'étais pas leur *vrai* enfant.

Elle secoua la tête.

— Je n'y crois pas.

— Quelle autre explication proposes-tu ?

— Tes parents t'ont adopté. C'est bien qu'ils te voulaient.

Il se retourna. Lèvres pincées en une ligne dure.

— Ils voulaient ce que tous les Bainbridge veulent. Un héritier à qui transmettre la fortune familiale ainsi que leur nom, si par chance il s'agit d'un garçon. Rassure-toi, il y a longtemps que je l'ai digéré.

Une affirmation contredite par sa posture rigide. Il était si tendu qu'elle craignait presque qu'il se brise au moindre faux mouvement.

— Vraiment ?

— C'est comme ça. Je ne peux rien y changer. En fin de compte, ils ont eu l'héritier qu'ils espéraient.

— Tu en es sûr ? Et Felicity ?

— Quoi, Felicity ?

Louisa avait été surprise de voir Felicity aux funérailles de Mae. Avec son teint pâle et ses cheveux clairs, elle avait tout d'une Bainbridge. C'était la première fois que Louisa la rencontrait. Felicity s'était présentée, tout en semblant chercher quelqu'un des yeux parmi l'assemblée.

— J'ai l'impression que tu ne la vois pas souvent. Lui as-tu demandé si c'était ce qu'elle voulait ? Si elle se considérait comme l'unique héritière ?

— Bien sûr que non, gronda Matteo. Je la vois peu, car elle travaille comme fille au pair et voyage beaucoup. Nous sommes tous les deux très occupés.

Il posa la main sur son téléphone dans sa poche, comme par réflexe. Louisa savait ce que c'était, d'éviter de se confronter à ce qui faisait le plus mal. Parfois, il fallait du temps aux gens. Et elle ? Ne fuyait-elle pas depuis trop longtemps ?

— Tu voulais voir mes illustrations ?

Le brusque changement de sujet parut étonner Matteo.

— Oui, ce que tu veux bien me montrer.

Le sous-entendu fit affluer le sang à ses joues, tout comme la réponse qui lui venait. *Tout.* Ces pensées surgissaient de nulle part chaque fois qu'elle était avec Matteo. Ne méritait-elle pas ce qu'il avait à offrir ? N'avait-elle pas assez attendu ?

— En règle générale, je ne montre jamais mon travail avant qu'il soit terminé.

Elle saisit un carnet et le posa sur le bureau tandis qu'il approchait. Ses illustrations pouvaient lui donner du fil à retordre. Elle les rangeait dans un meuble le soir. Une façon de mettre au lit les personnages qui peuplaient son cerveau au cours de la journée. Lorsqu'elle rendait son travail à l'éditeur, c'était un peu comme si elle leur donnait leur liberté et retrouvait la sienne par la même occasion. Jusqu'au projet suivant, qui l'accaparait à nouveau.

— Pour quelle raison ?

Comment lui expliquer une manie qui n'avait aucun sens, même pour elle ?

— Quand je montre mes illustrations, c'est un peu comme si elles cessaient d'être à moi et devenaient celles de quelqu'un d'autre, qui en aspirerait la magie.

La main de Matteo hésita au-dessus du carnet.

— Je ne veux pas te voler ta magie. Je sais à quel point ton travail compte pour toi.

Ses mots la touchèrent. Il comprenait, au moins en partie. Sa mère avait toujours dénigré ses « gribouillages ». Louisa avait malgré tout choisi d'en faire sa carrière. Mais elle entendait encore parfois la voix de sa mère décrétant que ses dessins n'avaient aucune valeur.

— Non, tu peux regarder.

— Je me sens privilégié, murmura Matteo. Quel livre illustres-tu en ce moment ?

— Une nouvelle version du conte *Le Prince Crapaud*.

— Tu n'illustres que des livres pour enfants ?

Elle opina.

— J'aime l'innocence de ces histoires. C'est gratifiant de faire quelque chose qui donne de la joie aux enfants.

L'un de ses rares plaisirs, petite, était la lecture. Elle s'évadait grâce aux livres illustrés. Certains jours, après la mort de son père, quand sa vie se réduisait à une longue série de rendez-vous à l'hôpital, les livres et leurs mondes imaginaires étaient la seule chose qui la faisait tenir. La seule chose que sa mère ne puisse pas lui enlever. Elle voulait offrir ce même réconfort à d'autres enfants.

— As-tu déjà pensé à écrire tes propres histoires ?

Louisa songea à ses autres carnets. Les textes qu'elle avait écrits et illustrés pour Mae, autour de deux enfants et de leurs extraordinaires aventures d'été. Mais ces histoires étaient personnelles. Elle ne les avait créées que pour faire rire sa grand-tante et lui rappeler une époque heureuse. La plus heureuse de la vie de Louisa.

Elle secoua la tête.

— Ce n'est pas pour moi. La publicité, les signatures de livres... Je laisse cela aux auteurs.

Matteo fronça les sourcils. Il la dévisagea de son regard pénétrant, mais ne dit rien. Elle ouvrit la première page et fit glisser le carnet vers lui.

— Voici quelques brouillons. Ceux que j'ai faits quand j'étais en panne d'inspiration.

Ils se tenaient côte à côte. La chaleur du corps de Matteo se communiquait au sien. Sa proximité lui donnait des frissons. Comment sa simple présence pouvait-elle la troubler autant ? Toutes ses terminaisons nerveuses s'affolaient chaque fois qu'il l'approchait. Elle ne voulait qu'une chose, qu'il se rapproche encore...

Son petit rire la tira de sa rêverie. Il étudiait le crapaud qu'elle avait dessiné le jour de son arrivée à Easton Hall.

— Ce crapaud a l'air très effronté, remarqua-t-il.

— Oui, il me donne du mal.

— As-tu réussi à le dompter ?

Elle s'esclaffa.

— Ce n'est pas comme cela que je fonctionne. Les personnages ont leur propre caractère. Ils ne se laissent pas toujours dessiner comme je veux. D'où ces brouillons pour convaincre celui-ci de me faire confiance.

— C'est...

— Bizarre, je sais.

Personne ne comprenait. Les gens se contentaient de sourire poliment quand elle essayait de leur expliquer.

— Non, c'est fascinant, intervint Matteo. Pour réaliser le dessin parfait, tu dois d'abord comprendre les personnages, et pour cela ils deviennent réels. Il faut une sacrée imagination, Lulu. Je ne sais pas comment tu fais.

Lulu. Il l'avait appelée par son surnom, mais ne semblait pas s'en être aperçu. Cela ne voulait sans doute rien dire. Elle avait toujours eu tendance à se réfugier dans son imagination. Tout y était plus simple. La vraie vie, c'était une autre histoire. Elle peinait à y trouver ses marques.

— Et moi, je ne sais pas comment tu fais pour diriger une société de plusieurs millions de dollars.

— Milliards, corrigea-t-il avec un sourire en coin. Ajoute quelques zéros.

Elle rit et lui donna un coup de coude.

— Toutes mes excuses, monsieur le P-DG, d'avoir sous-estimé ton chiffre d'affaires.

— Mon métier est simple. Il suffit de comprendre ce que veulent les gens et de le leur donner.

Comprenait-il ce qu'elle voulait ? Elle imaginait souvent son corps sous ses vêtements depuis qu'elle l'avait senti contre le sien. Voir tout de lui l'obsédait. Parfois, il lui semblait qu'il lisait dans ses pensées. Ce n'était pas le cas. Il n'était pas un télépathe. Mais il avait découvert ses dessins intimes, maintenant. Ses fantasmes. Il ne mettrait pas longtemps à faire le lien avec lui. Raison de plus pour l'éviter. Comment pouvait-elle désirer l'homme qui cherchait à lui prendre tout ce qui comptait pour elle ?

— Ce que tu fais est impossible, déclara-t-elle.

— Je pense la même chose de tes illustrations. Toi et moi prouvons que rien n'est impossible.

Il se remit à tourner les pages avec douceur. Ses longs doigts bruns effleuraient ses dessins comme pour les « sentir » sur le papier.

— Extraordinaire, commenta-t-il.

L'admiration dans sa voix instilla une délicieuse fièvre en elle.

— Merci. L'inspiration me vient plus facilement depuis que je suis installée ici. Ce doit être le soleil. Il rend tout plus vivant.

Matteo tourna la tête vers elle, comme si une idée venait de germer dans son esprit.

— Je vais te laisser t'y remettre. Quand tu auras fini, j'aimerais t'inviter à dîner.

— Oh !

Louisa ne savait que répondre. Personne ne l'avait jamais invitée à sortir. Un frisson lui traversa le ventre, sans qu'elle sache si c'était de l'excitation ou de l'appréhension.

— Il y a une petite *trattoria* près d'ici, peu fréquentée par les touristes. Nous pourrions y fêter la fin de ton contrat. Quand penses-tu terminer ?

— Mmh... Dans un jour ou deux ?

Il sourit.

— Parfait. Alors c'est décidé.

Louisa le regarda quitter la pièce. Un dîner au restaurant ? Cela n'avait aucune signification particulière. Ce n'était pas un rendez-vous. Elle n'aurait su dire pourquoi une part d'elle le regrettait.

8

Matteo attendait, un verre de whisky à la main. Il consulta sa montre. La voiture serait bientôt là pour les conduire à son restaurant favori en ville, à l'écart de l'animation dans une ruelle pavée. Il avait prévenu le propriétaire qu'ils fêtaient un événement. Ce dernier avait cru à des fiançailles. Matteo avait dû le détromper, tout en insistant sur le fait qu'il s'agissait d'une occasion spéciale. Le patron, ravi, leur avait promis une table dans un coin tranquille.

Son plan semblait fonctionner. Louisa reconnaissait elle-même l'effet positif de ce séjour sur son travail. Il savait qu'il devait l'éloigner du Royaume-Uni, même si ses raisons lui paraissaient plus floues en cet instant. Sa soif de revanche était moins dévorante. Il travaillait sept jours sur sept depuis des mois. Peut-être avait-il besoin d'une pause, lui aussi. Se poser et simplement profiter du soleil.

Il termina son verre. Une étrange sensation courait dans ses veines. Quelque chose qui ressemblait à de l'anticipation. Ridicule. Ce n'était qu'un dîner, rien de plus. Un nouvel exemple de ce que la vie avait à offrir à Louisa, autre que sa campagne anglaise pluvieuse. Rien ne l'empêchait de chercher le soleil aux quatre coins du monde, si elle le souhaitait. Il devait juste faire en sorte que l'idée vienne d'elle.

— Je suis prête.

Louisa, comme surgie de ses pensées. Il se retourna pour

l'informer que la voiture arrivait. Les mots moururent dans sa gorge.

Elle était à couper le souffle, non plus une vision du passé, mais l'incarnation d'un avenir possible. Sa robe était toujours longue et fluide, mais cintrée. Sa taille était soulignée par une chaîne dorée. La soie d'un vert profond épousait amoureusement ses courbes, avec un décolleté en V plongeant entre ses seins. Une étole légère couvrait ses épaules, du même vert que la robe, tissée de fils d'or rappelant la chaîne et scintillant dans la lumière. Ses cheveux cuivrés chatoyaient dans son dos.

Matteo restait sans voix. La scène était digne d'un roman ou d'un film. Il voulait la graver à jamais dans sa mémoire. Louisa se révélait très différente de ce que suggéraient les apparences. Le désir flamba en lui. Pourquoi s'en étonnait-il ? Louisa était sublime, il le savait. Mais, ce soir, il semblait y avoir quelque chose de magique dans l'air.

Elle sourit timidement et serra son étole autour d'elle. Était-elle toujours complexée ? Matteo éprouva un élan de violence à l'encontre de quiconque l'avait fait douter de sa beauté.

— Tu es magnifique.

Sa voix était rauque, comme s'il la retrouvait après des années de silence. La jeune femme rougit. Son innocence était si attrayante. Avait-elle la moindre idée de l'effet qu'elle avait sur lui ?

— Merci.

Elle se mordit la lèvre.

— Je n'étais pas sûre, pour la robe...

— Elle te va à ravir.

Ses joues virèrent au cramoisi. Matteo ne s'en lassait pas.

— Je suis surpris, ajouta-t-il. Elle s'éloigne de ton style habituel.

— C'est une idée de Sylvana. Pour changer. Elle dit que le vert complimente mes cheveux.

Une autre nouveauté qu'elle avait été prête à essayer. Exactement ce qu'il espérait. Bientôt, elle s'élancerait à la conquête du monde sans lui. Pourquoi se surprenait-il à vouloir repousser ce jour le plus longtemps possible ?

— Tu es toujours ravissante, Louisa. Mais ce soir tu pourrais être une de ces sirènes qui conduisent les hommes à leur perte.

— Oh ! j'en doute…

— Crois-moi. Je suis un homme.

Le compliment lui valut un timide sourire de plaisir.

— Vais-je te conduire à ta perte, toi aussi ?

— Si tu me conduisais plutôt au restaurant ? Je meurs de faim.

Louisa éclata de rire, de ce rire joyeux qui crépitait tel un feu d'artifice. Matteo pourrait l'écouter pendant des heures. Son téléphone bipa dans sa poche.

— La voiture est là, annonça-t-il.

— Je suis excitée. C'est la première fois que je vais au restaurant, dit-elle alors qu'ils quittaient la villa.

Son premier restaurant ? Cela semblait inconcevable. Mais il ne doutait pas qu'elle dise la vérité. Ce qui prouvait à quel point elle avait été couvée. Et qu'il savait bien peu de choses sur elle et sur la vie qu'elle menait.

Dehors, la voiture les attendait. Le chauffeur leur ouvrit la portière, et Matteo aida Louisa à monter. Alors qu'elle relevait le bas de sa robe, il entrevit une cheville fine. Bon sang, qu'est-ce qui lui arrivait ? Depuis quand la vue d'un léger décolleté et d'une paire de chevilles l'émoustillait-elle ? C'était le cas ce soir. Il voulait saisir ces chevilles et écarter doucement les jambes de Louisa. Les parsemer de baisers jusqu'à l'orée de sa féminité. Entendre la jeune femme crier son nom. Ses dessins lui revenaient. Un homme, la tête enfouie entre les cuisses d'une femme. Les doigts de sa partenaire enfoncés dans ses cheveux pour le maintenir contre elle…

Il se ressaisit. Il n'y avait rien de mal à fantasmer. Tant qu'il ne perdait pas de vue la réalité. Louisa le regardait, se demandant sans doute pourquoi il restait planté là. Quelle serait sa réaction si elle pouvait lire dans ses pensées ? Lui tomberait-elle dans les bras ? Ou fuirait-elle sans demander son reste ? Il ne le saurait jamais.

Matteo monta dans la voiture. La proximité de la jeune femme le mettait au supplice. Dieu merci, le trajet était bref. Quelques minutes plus tard, ils s'arrêtaient dans une rue au pied d'une colline.

— Déjà ? s'exclama Louisa. Nous aurions pu marcher.

— Nous rentrerons à pied, si tu veux.

Le clair de lune sur le lac. Elle et lui marchant main dans la main… D'où sortait cette idée absurde ? Il n'avait jamais tenu la main d'aucune de ses amantes.

Après avoir donné un pourboire au chauffeur, il entraîna Louisa dans une ruelle étroite, jusqu'à une bâtisse vieille de plusieurs siècles. Un panneau discret à côté d'une porte rouge annonçait :

TRATTORIA GALANTE.

Matteo poussa la porte, et ils entrèrent dans un hall à l'éclairage feutré.

— *Signor* Bainbridge !

L'exubérant propriétaire l'accueillit comme s'il était le fils prodigue.

— Je vous ai réservé une table spéciale.

Ils traversèrent la salle, chaleureuse avec ses murs en pierre et ses nappes à carreaux rouges et blancs. Louisa écarquillait les yeux, l'air submergé. Il glissa une main dans le creux de son dos pour la guider. Tout cela était nouveau pour elle. La bile lui monta à la gorge. Il était en colère contre Mae, qui avait recueilli Louisa très jeune et l'avait coupée du monde au lieu de lui apprendre la vie. À son âge, Louisa n'était jamais allée à la plage, ni au restaurant. Comment était-ce possible ? Mae avait eu une existence bien remplie. Elle savait ce dont une jeune femme avait besoin pour s'épanouir. Pourquoi avait-elle fait de Louisa une ermite ? C'était insensé !

Mais il avait commencé à y remédier et irait jusqu'au bout. Elle n'aurait plus envie de rentrer à Easton Hall après leur temps ensemble. Il l'emmènerait dans toutes ses propriétés. Son hôtel à Paris. Sa station balnéaire aux Maldives. Son île en Australie. Il lui montrerait les plus beaux endroits au monde...

À quel moment dans ce scénario la laissait-il voler de ses propres ailes ? C'était *cela*, son objectif. Pas sillonner la planète avec elle. Pourtant, il voulait être là lorsqu'elle découvrirait sa toute première plage. Il voulait la voir enfoncer les orteils dans le sable et se baigner dans les eaux turquoise. L'emmener savourer mille et un plats exotiques dans les meilleurs restaurants qu'il connaissait. Il voulait réexplorer le monde à ses côtés... Peut-être le plus dangereux de ses fantasmes.

Louisa était au paradis. Ils étaient installés à une table dans une cour pour eux seuls, sous une pergola recouverte de plantes grimpantes. Entre leurs branches serpentaient des guirlandes lumineuses, brillant comme autant de lucioles. Les chandelles baignaient la table d'une douce lueur orangée. Si elle avait dû imaginer le rendez-vous idéal, elle n'aurait pu rêver mieux.

Non qu'elle en ait eu l'occasion. Elle n'avait jamais eu de rendez-vous. Les relations ne l'intéressaient pas. Louisa n'avait jamais couru après l'amour. Du moins, l'amour romantique. L'amour n'était pas synonyme de bonheur pour elle. Sa mère disait l'aimer et lui avait fait beaucoup de mal. Avec l'amour venait la perte. L'obsession. Il n'y avait rien de sain là-dedans.

Cela ne l'empêchait pas de profiter de cette soirée. Ce n'était *pas* un rendez-vous. Matteo voulait seulement lui faire plaisir. Mais c'était comme s'il lui avait volé un fragment de son cœur en l'emmenant dans ce lieu romantique. La nappe d'un blanc de neige. L'argenterie scintillant sur la table. Le petit vase de géraniums apportant une touche de couleur. Tout était parfait.

Elle sortit ses lunettes de lecture et consulta le menu. Il était en italien. Son estomac gronda.

— Affamée ? dit Matteo d'un ton taquin.

Il avait enlevé sa veste et était à tomber dans une chemise blanche qui rehaussait l'éclat doré de sa peau. La flamme des chandelles jetait dans ses yeux bruns des reflets chocolatés.

— Je n'arrive pas à lire le menu.

— Il n'y a pas de mauvais choix. Tout est bon, assura-t-il. Mais je peux commander pour toi, si tu veux. Laisse-moi te surprendre.

Il ouvrit son propre menu. Le regard de Louisa s'attacha à ses longs doigts fins. Elle sentait encore leur chaleur dans son dos lorsqu'il l'avait guidée vers leur table. Un frisson de plaisir avait fusé le long de sa colonne vertébrale. Elle aimerait qu'il la touche ainsi à nouveau. Il sourit, et des braises s'allumèrent au creux de son ventre.

— Puisque c'est une occasion spéciale, optons pour des bulles. As-tu déjà bu du champagne ?

L'embarras lui brûla les joues. Que devait-il penser d'elle ? C'était sa première sortie au restaurant. Matteo, lui, était quelqu'un de raffiné. Il devait boire du champagne sans arrêt.

— Je ne suis pas totalement une oie blanche, répondit-elle. Mae a ouvert une bouteille pour mon seizième anniversaire. Du Dom Pérignon, je crois.

Il arqua un sourcil.

— Très progressiste de sa part.

— Elle l'était, à bien des égards.

Son cœur se serra. Mae lui manquait terriblement. Son amour inconditionnel. Son soutien. Sa patience. Elle l'avait laissée libre d'être elle-même et de trouver sa propre voie, à son rythme. Mais peut-être avait-elle fini par… s'enliser, d'une certaine façon, installée dans une routine trop confortable.

Non, se reprit-elle. Elle avait choisi cette vie, qui lui convenait très bien.

— As-tu aimé le champagne ? demanda Matteo.

— Pas vraiment. Trop acidulé. Je n'ai bu que quelques gorgées.

Le rire amusé de Matteo la plongea dans la plus douce des ivresses.

— Partante pour réessayer ?

Louisa rangea ses lunettes dans sa pochette, le temps de réfléchir à sa réponse. Elle pourrait décliner. Mais cette soirée n'était-elle pas l'occasion d'essayer de nouvelles expériences ? Changer de style. Dîner au restaurant. Vivre, maintenant que tous ceux qu'elle aimait étaient partis.

— Pourquoi pas ?

Un serveur approcha comme par magie. Matteo passa commande en italien, sans même regarder le menu.

— Alors ? Que nous as-tu choisi ? s'enquit-elle.

— C'est une surprise.

Une tension s'insinua dans ses membres. Elle aimait que les choses soient sûres. Prévisibles. C'était ce qui avait régi son existence chez Mae. Mais depuis une semaine sa vie partait dans tous les sens, et elle avait survécu, non ?

— Tu n'aimes pas les surprises ?

Comment diable faisait-il pour percevoir ses moindres émotions ? Il semblait toujours deviner ce dont elle avait besoin. Mais elle ne voulait pas gâcher le moment avec ses insécurités.

Elle secoua la tête.

— C'est parfait. Merci.

— Tes illustrations sont incroyables. Tu peux en être fière, dit Matteo. Il faut fêter cette réussite.

— Est-ce ce que tu fais avec les tiennes ?

Il fronça les sourcils.

— Pas vraiment.

— Il faut dire que tu en as tellement... Si tu les fêtais toutes au champagne, tu ne serais jamais sobre.

Matteo prit un air stupéfait, avant de partir d'un grand rire. Louisa adorait ce son, grave et rauque. Elle aimait voir le coin de ses yeux se plisser quand il souriait.

— Il y a aussi eu des échecs. Ne va pas croire que je suis parfait.

Pour elle, il l'était. L'homme d'affaires cynique laissait parfois tomber le masque, et elle retrouvait Matty, le garçon d'autrefois.

Des moments aussi rares que fugaces, qu'elle saisissait au vol autant que possible.

Le serveur réapparut avec une bouteille. Il fit habilement sauter le bouchon et remplit deux flûtes.

Matteo leva la sienne.

— J'espère que le champagne te plaira, cette fois. À toi, Louisa. Félicitations d'avoir rendu ton projet dans les temps.

— Je finis toujours dans les temps.

Ce toast ne devrait pas être en son honneur, mais en celui de quelqu'un d'autre. Une personne injustement oubliée dans cette histoire. Elle leva sa flûte à son tour.

— À moi. Et à Mae, ajouta-t-elle, les larmes aux yeux.

Matteo hocha la tête, et ils trinquèrent. Louisa aspira une gorgée. L'alcool glissa sur sa langue, acide et rafraîchissant. Elle l'avala en essayant de se donner un air sophistiqué. Mais les bulles lui picotèrent le nez et la firent tousser.

— Ça va ? demanda Matteo.

— Délicieux, répondit-elle.

Et dangereux. Le champagne lui tournait la tête, autant que Matteo chaque fois que leurs regards se croisaient. Avec lui, elle se sentait vraiment vivante.

— C'est le genre d'alcool qui vous attire des ennuis...

— J'adore les ennuis, plaisanta-t-il.

Il leva de nouveau sa flûte.

— Trinquons à cela aussi.

Louisa s'esclaffa. Mais parler de Mae lui avait rappelé Easton Hall. Aussi magnifiques que soient le lac de Côme et la villa de Matteo, le manoir était chez elle. Elle avait hâte d'y rentrer.

— Qu'a dit l'ingénieur à propos d'Easton Hall ? demanda-t-elle.

Le sourire de Matteo s'estompa. Il but une longue gorgée de champagne.

— Il a évalué la structure. C'est maintenant aux assurances d'intervenir.

Ce qui ne lui disait pas ce qu'elle voulait savoir.

— Quand pourrai-je y retourner ?

— Easton Hall a besoin de travaux après les dégâts causés par l'orage. Toute l'électricité est à refaire.

— Peut-être. Mais c'est ma maison.

Son regard incisif la transperça.

— Où tu t'es enfermée en te coupant du monde.

— Pas du tout, objecta-t-elle.

Un poids pesait sur sa poitrine. Easton Hall n'était pas une prison. Elle y avait construit sa vie, entre son travail d'illustratrice et ses visites guidées aux touristes. Elle s'y sentait en sécurité.

— Tu ne comprends pas...

Il haussa un sourcil et s'adossa à sa chaise.

— Éclaire ma lanterne.

Comment le pourrait-elle ? Comment lui avouer les horreurs que lui avait fait subir sa mère ? Si peu de gens étaient au courant. Mae. Une poignée de médecins. La police. L'affaire avait été soigneusement étouffée. « C'est mieux ainsi », avaient murmuré les gens à la mort de sa mère. Louisa ne saurait même pas par où commencer. Elle but une autre gorgée de champagne pour gagner du temps. Par chance, le serveur arriva au même moment avec leur plat : des boulettes de pâte tendre dans une sauce crémeuse. Une alléchante odeur de fromage lui chatouilla les narines. Incapable d'affronter le regard soutenu de Matteo, elle commença à manger. Un pur délice. La richesse du goût sur son palais lui tira un soupir extatique.

— Mon Dieu ! Qu'est-ce que c'est ?

La fourchette de Matteo s'arrêta à mi-chemin entre son assiette et sa bouche.

— Une spécialité locale, les gnocchis au taleggio. Tu n'as jamais mangé de gnocchis avant ?

Elle prit une autre bouchée. C'était tout un monde de saveurs nouvelles qui s'ouvrait à ses papilles.

— Non.

Mrs Fancutt préparait des plats simples. Sa cuisine était un régal. Rien de comparable à celle de ce soir, mais cela n'avait aucune importance pour l'enfant affamée qu'elle était à son arrivée à Easton Hall. Tant que personne ne l'empêchait de manger.

— N'as-tu jamais eu envie...

— J'aime avoir un chez-moi où rentrer, le coupa-t-elle. Est-ce si difficile à appréhender ?

Matteo posa sa fourchette.

— J'essaie de comprendre.

— Il n'y a rien à comprendre. Je suis une personne simple, attachée à ses habitudes. Mon existence me plaît telle qu'elle est.

— Parce qu'elle te donne un sentiment de sécurité.

Louisa tressaillit. C'était la première fois que quelqu'un exprimait tout haut ce qu'elle ressentait.

— Oui.

— Et de stabilité ?

Elle acquiesça. Comment le savait-il ?

— Parce que tu as perdu ton père, puis ta mère, et que le monde a cessé d'être un endroit sûr.

— Oui...

Un résumé sans pincettes de ce qu'était sa vie, même si le contexte manquait.

— Je comprends, dit Matteo.

— Vraiment ?

Comment le pourrait-il ? Lui ou qui que ce soit ? Mais elle voulait tellement qu'il comprenne ! Elle en avait besoin.

— Quand j'ai interrogé mes parents après avoir appris que je n'étais pas un vrai Bainbridge, ils m'ont promis que rien ne changerait. Puis Felicity est née, et il y a eu sa leucémie.

Il termina son verre d'une traite. Le serveur réapparut pour le remplir, ainsi que celui de Louisa encore à demi plein.

— Je n'étais qu'un petit garçon terrifié à l'idée de perdre sa sœur, reprit-il en évitant son regard. Mes parents s'en moquaient. Ils m'ont envoyé en pensionnat. Aux oubliettes. Je croyais avoir une famille qui m'aimait, un foyer stable... Tout cela m'a été enlevé du jour au lendemain. Plus tard, je me suis juré de ne plus jamais me retrouver dans cette position. Tu vois, Louisa, je ne te comprends que trop bien.

Elle tendit la main pour le réconforter, mais se ravisa. Le visage de Matteo s'était durci. Une colère palpable émanait de lui. Elle savait ce que c'était d'être un objet de compassion, quand on ne demandait qu'à oublier et à tourner la page. Le problème était que vos blessures vous suivaient partout où vous alliez.

— C'est ce qui t'a fait réussir, n'est-ce pas ?

— Je me suis bâti une vie et une carrière à moi, *malgré* ma famille.

Il avait été si secret jusque-là. Ce soir, il ouvrait une porte sur lui-même, quoi que cela lui en coûte. Pouvait-elle en faire autant ? Pouvait-elle partager le fardeau qu'elle portait ? Bien sûr, elle avait parlé à une psychologue. Mais elle appartenait au monde médical. Ce n'était pas la même chose. La seule personne proche d'elle au courant de tout était Mae, et elle n'était plus là.

Louisa ne s'était jamais sentie aussi seule au monde. Elle n'avait ni famille ni amis. Personne vers qui se tourner quand ses vieux démons la rattrapaient. Elle était orpheline à tous les égards. Mais Matteo était là. Avec elle. Prêt à l'écouter. S'il savait ce qu'elle avait enduré, peut-être comprendrait-il pourquoi Easton Hall était son refuge. Et pourquoi elle ne voudrait jamais le quitter.

Matteo fixait Louisa avec dureté, la défiant de réagir. Mais elle gardait un silence empreint d'empathie. Lorsqu'elle avait tendu la main vers lui, il avait eu envie de la sentir sur la sienne. D'accepter sa douceur, même s'il n'en avait pas besoin. Il n'avait jamais eu besoin de personne dans la vie. Les gens vous laissaient tomber. Il ne comptait que sur lui-même, et cela lui convenait.

Alors pourquoi cette déception quand elle avait retiré sa main ? Il prit une longue inspiration. Non, il ne cherchait pas sa compassion. Il voulait la comprendre, car pour la convaincre de quitter Easton Hall il devait d'abord instaurer un rapport de confiance. Une connexion entre eux. Tout était calculé...

Jusqu'à ce que les mots franchissent ses lèvres malgré lui. Des choses qu'il n'avait jamais dites à personne. Pas même à sa sœur. Comment aurait-il pu se confier à Felicity sur son sentiment d'abandon alors qu'elle avait failli mourir ? Il avait préféré tourner le dos à toute sa famille. C'était différent avec Louisa. Lui parler avait été libérateur. Comme s'expurger d'un poison toxique. Il lui en avait dit plus que prévu. Mais, si elle le comprenait, peut-être lui permettrait-elle de la comprendre aussi ? Elle avait certains désirs, il en était persuadé. Elle avait seulement peur de les assumer et de prendre ce qu'elle voulait.

Contrairement à lui.

— Toi et moi avons tous les deux dû avancer *malgré* notre famille, murmura-t-elle.

Il hocha la tête.

— Mes parents m'ont rejeté. Les tiens sont décédés. Les perdre si jeune a dû être très dur.

Le serveur débarrassa leurs assiettes et leur servit la suite : une spécialité traditionnelle au poisson. Il espérait qu'elle plairait à Louisa. Les gnocchis semblaient l'avoir plongée dans une sorte d'orgasme culinaire. Tout était si nouveau pour elle. Il sentait son corps durcir à la pensée des autres expériences auxquelles il pourrait l'initier. Ses dessins intimes révélaient ses fantasmes. Il ne tenait qu'à lui de les exaucer. Le regarderait-elle avec le même plaisir sans fard que lui procuraient des saveurs inédites ? Comment réagirait-elle au fait d'être touchée pour la première fois ?

Ça suffit. Son but n'était pas de la séduire. Il était là pour la convaincre de quitter Easton Hall. Mais n'était-ce pas une autre forme d'opération séduction ? À lui de trouver le bon équilibre. Parvenir à ses fins, sans se perdre lui-même.

— Oui. La mort de mon père a été très difficile...

Louisa jouait avec sa fourchette, comme absorbée par le reflet de la chandelle dans l'argent. Elle semblait tergiverser. Bien sûr, c'était un sujet douloureux pour elle. Elle avait perdu ses parents, qui l'aimaient autant qu'elle les aimait. Les parents de Matteo étaient toujours en vie, mais il les avait perdus aussi. Ou plutôt, il n'avait jamais vraiment fait partie de la famille.

Il goûta le poisson. Exquis, comme toujours. Le silence se prolongeait. Un silence inconfortable. Ce qui jouait en sa faveur. Les gens qui cherchaient à combler les silences en disaient souvent beaucoup sur eux-mêmes. Louisa était un livre fermé, écrit en langue étrangère. Il avait besoin d'elle comme interprète.

— Ma mère...

Ils y étaient. La clé de l'énigme.

— Elle a été arrêtée avant sa mort.

Matteo contint sa stupeur. Mae ne lui avait jamais dit cela. Seulement que Louisa avait une histoire tragique. Il avait supposé qu'elle parlait de la perte de ses deux parents. Apparemment, non. Ce silence... Il comprenait à présent que c'était à lui de le remplir. Comme si son secret était trop lourd pour être révélé sans encouragements. La soirée prenait un tour plus sombre que prévu.

— Pourquoi ta mère a-t-elle été arrêtée, Louisa ?

Ses couverts se figèrent au-dessus de son assiette. Ses doigts crispés dessus au point de blanchir.

— Elle...

Son regard chercha le sien. Le pouls de Matteo s'accéléra. Elle s'ouvrait enfin à lui, mais il ignorait à quoi s'attendre. Louisa inspira profondément.

— Ma mère a été arrêtée parce qu'elle me maltraitait.

9

La vérité était sortie. La question directe de Matteo avait enfin débloqué sa voix. Il la fixait en silence. Louisa le vit ouvrir la bouche pour dire quelque chose et la refermer. Il posa ses couverts, fourchette et couteau croisés dans son assiette.

— Quand tu dis « maltraiter »...

La psychologue savait déjà ce qui lui était arrivé quand Louisa était entrée pour la première fois dans son cabinet. Elle avait reçu son dossier au préalable. Mae aussi était au courant. La seule personne à qui elle avait dû raconter son calvaire depuis le début était le policier qui avait pris sa déposition. Elle n'en avait jamais parlé à qui que ce soit d'autre. À présent, la digue était ouverte, et les mots se bousculaient sur ses lèvres.

— Ma mère me faisait passer pour malade. Quand les médecins déclaraient que j'étais en bonne santé, elle me rendait *réellement* malade. J'allais sans arrêt à l'hôpital subir des examens et des interventions, sans qu'on trouve jamais rien. Parce qu'il n'y avait rien à trouver. Elle a même réussi à me convaincre que j'allais mal et mourrais comme mon père si je ne suivais pas de traitement. On parle de syndrome de Münchhausen par procuration, ou trouble factice imposé à autrui. J'ai toujours trouvé que c'était un nom à coucher dehors.

Matteo couvrit sa main de la sienne.

— Mon Dieu, je n'aurais jamais imaginé, murmura-t-il.

Prends ma main, Louisa.

Le contact lui donna du courage.

— Personne n'était au courant.

Matteo secoua la tête avec incrédulité. Il caressait doucement son poignet du pouce.

— Quand est-ce que cela a commencé ?

— Après la mort de mon père.

— Tu avais quoi, huit ans ? À peine plus d'un an après...

Après ses dernières vacances à Easton Hall. Sa mère refusait qu'elle y retourne, malgré son insistance et les multiples invitations de Mae. Elle devait se douter que cette dernière verrait clair dans son jeu.

— Oui, après cet été-là.

— Comment les médecins ont-ils pu ne rien voir ?

C'était une question qu'elle s'était souvent posée depuis. De même que celle que Matteo avait le tact de passer sous silence.

Pourquoi n'as-tu rien dit ?

— Ma mère était intelligente, répondit-elle. Les médecins savaient qu'elle était en deuil. Il leur était tout simplement impossible d'imaginer qu'elle puisse faire exprès de me rendre malade après la mort de mon père. Moi, elle me manipulait en m'expliquant qu'elle essayait de me soigner pour que je ne meure pas comme lui. C'était efficace. J'étais terrifiée. Elle a commencé à limiter mon alimentation en prétextant des intolérances et à m'administrer les médicaments de mon père. Je suis devenue chétive et constamment fatiguée. Elle me coupait aussi les cheveux.

Matteo maugréa, comme s'il peinait à contenir sa colère. Il serra plus fort sa main.

— Louisa...

— Ça va, je t'assure. Je m'en suis remise.

Mais était-ce vraiment le cas ? Les gens normaux ne paniquaient pas à la simple mention de se faire couper les cheveux. Ils ne perdaient pas leurs moyens dans une boutique de vêtements ou une grande ville.

— Non, ça ne va pas, gronda Matteo. Mes parents avaient

de graves défauts, mais ils étaient prêts à tout pour que Felicity aille mieux. Les imaginer la rendre malade volontairement… Pourquoi faire une chose pareille ?

C'était une question sans réponse. Sa mère avait emporté ses raisons dans la tombe. Louisa ne pouvait qu'avancer des hypothèses.

— Je crois que c'est parce qu'elle était vue comme une martyre quand elle prenait soin de mon père. Après sa mort, elle n'avait plus rien.

— Elle t'avait, toi.

L'indignation de Matteo la toucha.

— Mes parents étaient tout l'un pour l'autre, dit-elle. Parfois, je crois que pour ma mère j'étais de trop.

— Je sais ce que c'est.

Elle regarda leurs mains jointes sur la table. Unies dans un soutien mutuel. Ils avaient tous les deux leur fardeau à porter.

— Comment le pot aux roses a-t-il été découvert ?

Louisa dégagea sa main et serra les bras autour d'elle.

— Je ne sais que ce qu'on m'a dit. Une fois où j'étais vraiment mal, une infirmière a eu des soupçons. Quelque chose clochait dans mes tests sanguins. Ma mère avait contaminé mon intraveineuse. Ma chambre a été placée sous surveillance. C'est ce qui a révélé ses agissements.

— Les médias n'en ont pas parlé, observa Matteo.

Louisa eut un rire jaune.

— Évidemment. Ma mère était une Bainbridge. Rien ne devait fuiter. Le reste de la famille a essayé de me convaincre de ne rien dire à la police. Ils affirmaient qu'elle avait retenu la leçon et ne recommencerait plus.

L'expression de Matteo s'assombrit.

— Est-ce à cette époque que Mae t'a recueillie ?

Louisa acquiesça.

— Oui. Elle m'a promis que plus personne ne me ferait de mal.

Que je ne manquerais de rien et serais toujours en sécurité. Elle a tenu parole jusqu'à son dernier souffle.

Matteo serrait la mâchoire à se la briser. Cette maudite famille ! Ils avaient été prêts à rendre Louisa à son bourreau juste pour protéger leur nom ! Au lieu de vivre la vie de n'importe quel autre enfant de son âge, elle avait été réduite au silence. Puis elle avait été recueillie par Mae, qui l'avait enfermée dans un cocon protecteur, sans suffisamment l'encourager à sortir, expérimenter, profiter de la vie. Une cage dorée où le risque n'existait pas. Louisa méritait mieux. Elle avait besoin d'explorer le monde et d'affronter ses peurs au lieu de les laisser régir son futur.

Matteo était encore plus déterminé à faire souffrir cette famille pour ce qu'elle leur avait infligé. À lui et à Louisa.

— Personne n'a payé pour ce qui t'est arrivé.

— Je suis libre. Ça me suffit, dit Louisa.

— N'as-tu pas envie de te venger ?

— Non. Je veux oublier.

Le pouvait-elle ? Ce genre de maltraitance laissait des séquelles. Elle était toujours prise au piège de ce qu'elle avait subi. Easton Hall n'était pas un refuge mais une prison. Il pourrait lui montrer une vie différente. Une vie de voyages où chaque jour lui réserverait de nouvelles surprises. Il était expert en la matière. En attendant, si c'était l'oubli qu'elle cherchait, il pouvait aussi lui offrir cela. Cette soirée était pour *elle*.

Il tempéra sa colère.

— Justement. Nous sommes là pour fêter tes accomplissements, n'est-ce pas ?

Avait-elle rougi ? Difficile à dire dans la lueur vacillante des chandelles.

— « Accomplissements », c'est un bien grand mot.

— Ne te sous-estime pas. Tes dessins sont magnifiques.

Cette fois, elle avait bel et bien rougi. Ses joues avaient pris une séduisante teinte pourpre. Ce n'était pas à ses illustrations de princes crapauds qu'ils pensaient tous les deux, mais aux autres. Ses dessins érotiques, vibrants de passion charnelle. Un subtil changement s'opéra dans l'atmosphère. Comme si leurs confidences avaient ouvert une porte des secrets, libérant leurs désirs les plus intimes. Il but une gorgée de champagne. Il n'y avait rien de romantique dans ses dessins. Louisa avait elle-même déclaré ne pas vouloir se marier. Et si la passion était tout ce qu'elle cherchait, sans s'encombrer d'émotions superflues ?

— Merci, dit-elle. J'aime me dire que mes dessins apportent un peu de joie aux enfants.

Essayait-elle de faire diversion ? Pour ce qui était des enfants, nul doute qu'ils l'adoreraient avec ses jolies robes fluides et sa chevelure de feu. Elle avait l'air d'une fée tout droit sortie des histoires qu'elle illustrait. Ils graviteraient naturellement autour d'elle. Matteo en éprouva un étrange pincement au cœur. Presque une sorte de nostalgie... Il s'empressa de changer de sujet.

— As-tu déjà d'autres projets ? demanda-t-il.

— Pas dans l'immédiat. J'ai un peu de temps libre devant moi.

Parfait. Il disposait de nombreuses propriétés paradisiaques et de tout le temps nécessaire pour lui montrer ce à côté de quoi elle passait. Le monde n'attendait qu'elle.

Les plats se succédaient, tous plus succulents les uns que les autres. Louisa commençait à aimer le champagne. Une pétillante gaieté imprégnait son être. Quelque chose entre elle et Matteo avait changé au cours du dîner. Ils s'étaient ouverts l'un à l'autre. Avaient partagé leurs peines. « Un fardeau porté à deux est plus léger », répétait souvent Mae. Louisa n'y avait jamais cru. Elle portait le sien seule, car révéler la vérité était insurmontable pour elle. Mais maintenant ? Tout devenait possible. La nuit était si claire et si belle ! Elle goûta une bouchée de son dessert.

La façon dont la pannacotta fondait sur la langue lui tira un autre soupir de plaisir.

— J'en conclus que le dessert t'a plu, dit Matteo d'une voix curieusement gutturale.

— Le dessert, le dîner, la soirée… Tout était parfait. Merci.

— Tu le mérites. N'en doute jamais.

Si seulement elle parvenait à y croire. Mais ses démons n'étaient jamais bien loin. Ceux qui hantaient ses cauchemars. C'est pour cela qu'elle les dessinait. Vus de jour, ils faisaient moins peur.

— Je ne ferais pas cela tous les soirs. J'ai tellement mangé que je vais devoir me traîner pour rentrer à la maison.

À la maison. C'était la première fois qu'elle considérait un autre endroit qu'Easton Hall comme tel. Mais la villa du lac de Côme n'était pas chez elle. Elle ne faisait qu'y passer.

— Si tu as fini, allons-y. Que dirais-tu d'une promenade digestive ? suggéra Matteo.

— Excellente idée.

Louisa n'avait pas envie que la soirée se termine. Il lui semblait qu'elle perdrait alors quelque chose qu'elle ne retrouverait plus jamais. Matteo se leva et tira sa chaise pour elle. Une onde brûlante la traversa. Il était si proche… Elle ferma les yeux un instant, juste pour savourer la sensation.

Ce n'est pas un rendez-vous, se répéta-t-elle. Elle ferait bien de ne pas l'oublier. Mais c'était exactement ce qu'elle voulait que ce soit. Elle voulait connaître tout ce qu'une jeune femme normale devait avoir expérimenté à son âge. Cela ne lui avait jamais manqué auparavant. Peut-être parce que chaque jour n'avait été qu'une question de survie. Réapprendre à vivre sans peur l'emportait sur ses autres besoins. Soudain, toutes ses émotions trop longtemps refoulées déferlaient à la surface. C'était le problème quand on les partageait. Difficile de les ignorer à nouveau une fois le moment passé.

Ils quittèrent le restaurant après avoir pris congé du propriétaire. La tête de Louisa lui tournait. Elle se sentait incroyablement légère et... heureuse ? À moins que ce ne soit juste le champagne. Toute sa vie, elle s'était effacée dans l'ombre. Mais, ce soir, elle avait envie de danser dans la rue et de rire tout haut sans se soucier de qui la regardait.

La nuit était tombée sur la petite ville. Les gens flânaient dehors. Touristes et autochtones se mêlaient aux terrasses des cafés dans un joyeux brouhaha de conversations. Une musique folk entraînante jouait quelque part. Les rues bouillonnaient de vie, au diapason de ce qu'elle ressentait. Matteo et elle marchaient en silence tandis que Louisa n'en perdait pas une miette. Les ruelles pavées. Les maisons pittoresques en pierre. Les géraniums et les pétunias aux fenêtres.

— Cet endroit est magnifique, commenta-t-elle.

— Content qu'il te plaise.

— Avec tes origines italiennes, vas-tu continuer à chercher tes parents biologiques ?

Il haussa les épaules.

— Je ne sais pas. Je voulais en savoir plus sur moi-même. Les Bainbridge adorent leurs histoires de famille. Je voulais connaître la mienne. La vraie. C'était devenu important pour moi.

La famille Bainbridge n'avait jamais possédé de titre. Sa fortune était issue du commerce, une briqueterie fondée des siècles plus tôt. Ce qui signifiait qu'en dépit de leur richesse ils avaient toujours été regardés de haut. Mais avec la richesse venait le pouvoir, et le pouvoir ouvrait bien des portes. La fortune familiale avait été dilapidée par une mauvaise gestion et la conviction que rien ne changerait jamais. Malgré cela, la notion de pouvoir demeurait. Ce pouvoir n'avait jamais été utilisé à bon escient. Il ne l'avait pas sauvée. Pour les Bainbridge, préserver leur nom passait avant tout. Quiconque le mettait en péril était écarté. Y compris les enfants comme Matty et elle.

— C'est peut-être parfois mieux ne pas trop en savoir...

— Moi, j'en savais trop peu, dit Matteo. J'ai été abandonné devant un hôpital avec mon prénom, Matteo, sur un papier épinglé à mes habits. C'est une faveur que mes parents m'ont faite de garder mon prénom d'origine. À moins qu'ils ne m'aient jamais considéré comme faisant partie de la famille.

— Je suis désolée.

Ils avaient quitté le centre-ville et marchaient maintenant vers le lac.

— Mais ta famille ne se réduit pas à celle où tu es né, reprit-elle. Tu peux fonder la tienne.

— Très peu pour moi. La famille, c'est surfait. Je parle par expérience.

— Bien dit.

Ils rirent en chœur. Louisa en avait les larmes aux yeux.

— On ne devrait pas réagir comme cela. Ce n'est pas drôle.

— Mieux vaut en rire qu'en pleurer, Lulu.

Il l'avait appelée par son surnom. Une douce chaleur se répandit dans sa poitrine. Elle essuya ses larmes. Des larmes douces-amères, car elles provenaient d'une peine commune. Une complicité tacite s'installa entre eux.

— Et si je pleure de rire ? répliqua-t-elle.

Ils rirent de plus belle. À quand remontait la dernière fois qu'elle s'était autant amusée ? Elle aimait accueillir les touristes à Easton Hall. S'habiller comme une femme de l'ancien temps. Faire visiter le manoir et répondre aux questions. Mais, depuis la mort de son père, elle n'avait plus jamais goûté à ce genre de petit bonheur simple.

Ils s'engagèrent sur une pente douce. Ses chaussures la firent glisser. Matteo la retint.

— Prends ma main. Je ne voudrais pas que tu tombes.

Sa large main engloutit la sienne. Une brise légère les accompagnait tandis qu'ils laissaient derrière eux les lumières de la ville. La pleine lune éclairait leur chemin dans un ciel piqueté d'étoiles. L'air embaumait les fleurs de citronnier. Tout était idyllique.

Ce n'est pas un rendez-vous.

Mais où était le mal à faire semblant, juste quelques heures ?

Elle n'aurait jamais de vrai rendez-vous. Elle ne pouvait qu'imaginer, et son imagination avait toujours été son plus sûr refuge.

— Par les nuits de pleine lune, on a une vue splendide sur le lac depuis un des balcons à la maison. Cela te dirait de la voir ?

« À la maison. » C'était la première fois qu'il prononçait ces mots sans connotation péjorative.

— Oui. J'aimerais beaucoup.

Le portail en fer forgé se dessina devant eux. Ils rentrèrent à la villa et montèrent à l'étage, où Matteo la conduisit à un balcon privé auquel elle n'avait jamais eu accès auparavant. Le lac s'étendait, paisible, sous leurs yeux. Les lumières des villages scintillaient sur ses rives et dans les collines environnantes, points d'or brodés dans le paysage. La lune, haute dans le ciel, peignait des reflets d'argent sur la surface de l'eau. Louisa admirait la vue, les deux mains sur la balustrade.

— C'est spectaculaire.

La brise souffla sur sa peau. Elle serra son foulard autour d'elle en frissonnant. Pas vraiment de froid, plutôt... Difficile à dire. C'était un tout. Le dîner. Ce moment. Un trop-plein d'émotions. L'envie de plus pulsant avec chaque battement de son cœur. Personne ne l'avait jamais traitée ainsi. Comme une femme, pas comme une petite chose faible et fragile.

— Tu as froid ? Tiens...

Matteo enleva sa veste et la drapa sur ses épaules. Sa chaleur imprégnée dans le tissu s'insinua en elle. Son odeur épicée l'enivrait. Il s'approcha d'elle et l'enlaça. Gentiment, sans serrer. Passé sa surprise initiale, Louisa se laissa aller dans ses bras, la tête posée contre son torse. Elle ferma les yeux et se prit à rêver que cette étreinte signifiait quelque chose. Quelque chose qui pouvait aller plus loin. Pour la première fois, elle s'autorisait à *désirer*.

Matteo tenait Louisa contre lui, entre paradis et damnation. Il n'avait aucune envie de la laisser partir, pris de l'étrange certitude qu'elle était exactement là où elle devait être – dans ses bras. Sa virilité se réveillait déjà. Il savait que c'était mal. Louisa était sa responsabilité, et il avait une mission à accomplir. Rien de tout cela n'avait plus d'importance. Comme si ce moment avait été écrit. Un moment qui, pressentait-il, s'apprêtait à tout changer.

Mais qu'était la vie sans changement ? C'était l'unique constante de la sienne. Louisa avait besoin qu'on prenne soin d'elle. Jamais il n'aurait imaginé ce qu'elle avait traversé, enfant. La perte de son père. Les maltraitances de sa mère. Et le reste de la famille qui avait cherché à la réduire au silence pour protéger leur nom ! Tous des hypocrites, pourris jusqu'à la moelle ! Combien d'entre eux savaient ce que Louisa subissait et avaient préféré fermer les yeux ? Une bouffée de rage l'envahit. Il resserra les bras autour de la jeune femme. Le besoin de la venger montait tel un magma en fusion. À ce feu s'en mêlait un autre. Un besoin d'*elle*.

Les dessins de Louisa défilaient dans sa tête. Elle était une adulte avec ses désirs aussi, qu'elle réprimait depuis des années. Coupée du monde dans sa retraite solitaire. On ne cachait pas un tel joyau. On le faisait briller aux yeux de tous. Elle pressait son corps contre le sien, comme pour se fondre en lui. En avait-elle conscience ? Peut-être était-elle innocente, mais elle avait des fantasmes. Si elle le désirait autant qu'il la désirait, où était le mal ?

Elle leva la tête vers lui. Elle flottait dans sa veste trop grande, évanescente dans le clair de lune. Une possessivité farouche s'empara de lui.

— Je ne sais comment te remercier pour ce soir, murmura-t-elle.

Elle n'avait pas à le remercier. Il était un opportuniste. Un homme d'affaires sans pitié qui prenait ce qu'il voulait. Les gens le respectaient ou le haïssaient. Personne ne le remerciait. Mais la gratitude de Louisa le touchait. Il la voulait pour lui et lui seul.

Ils étaient si proches… Un moment magique, hors du temps, où tout pouvait arriver. Les mains de Louisa bougèrent sur son torse, glissèrent lentement sur ses pectoraux pour se poser sur ses épaules. Matteo était dur comme le roc. Il avait eu de nombreuses femmes dans son lit et reconnaissait les signes du désir. Malgré cela, une part de lui avançait à l'aveugle. Son instinct lui soufflait de laisser Louisa faire le premier pas. Prendre ce qu'elle voulait. Et son instinct avait toujours été son meilleur allié. Il sentait que se montrer trop empressé risquait de mettre un terme prématuré à cette soirée.

Or cette soirée n'était que le début.

Pas d'une relation, mais de l'éveil de Louisa. Si elle acceptait seulement de s'ouvrir à la vie… À lui. Elle verrait tout ce que le monde avait à offrir. Le cours de son existence en serait irrémédiablement changé. Pour le meilleur.

— Quoi que tu désires, tu le mérites, Lulu. Tu te prives depuis trop longtemps.

— Tu… Tu crois ?

— Je le sais.

Son pouce décrivait un léger mouvement circulaire dans le creux de son dos. Louisa tremblait entre ses bras. Elle se plaqua plus étroitement contre lui. Elle allait le sentir… l'effet qu'elle lui faisait. Son petit gémissement le décupla. Il était comme un volcan au bord de l'éruption. Jamais il n'avait rien éprouvé de pareil.

— Exprime ce que tu veux et prends-le, dit-il pour l'encourager, la voix rauque de désir.

Mais sans la brusquer. Mieux valait y aller en douceur. Il était patient. Il attendrait.

— Lance-toi, Lulu.

Lance—toi.

Louisa était dans les bras d'un homme qui était loin de la laisser de marbre. Elle ne pouvait plus le nier. Elle avait essayé de se persuader que son intérêt était purement objectif et détaché. Matteo était très séduisant, mais son sex-appeal ne l'affectait pas vraiment. Un tissu de mensonges. Elle le désirait, avec une férocité qui lui faisait presque peur. Et il la désirait aussi. Le relief dur contre sa cuisse ne laissait aucun doute là-dessus. La sensation était grisante. Pour la première fois de sa vie, elle se sentait puissante. Cet homme la changeait. Avec lui, elle était vivante. Elle voulait plus. C'était un besoin autant que l'air qu'elle respirait.

« Exprime ce que tu veux et prends-le. »

Lui. C'était lui qu'elle voulait. Comment était-elle censée le « prendre » ? Tout cela était nouveau pour elle. Ses insécurités revinrent au galop. Elle ne savait pas ce qu'elle faisait. Elle allait se ridiculiser. Louisa les ignora pour écouter son instinct. Elle souhaitait remercier Matteo. Quelle meilleure façon qu'en lui donnant un baiser ?

Sa haute stature en imposait. Elle se sentait protégée dans ses bras. Il l'enlaçait comme si elle était un trésor précieux. Elle se hissa sur la pointe des pieds. Pressa ses lèvres sur les siennes. Aucune réaction. Sa bouche restait inerte. Ne sachant que faire d'autre, elle prolongea le baiser, avant de finalement détacher sa bouche de la sienne.

Il n'avait pas réagi. Voilà à quoi se résumait sa grande expérience. Elle avait embrassé Matteo… et il ne s'était rien passé.

Alors seulement, il sourit. De ce petit sourire mi-supérieur, mi-espiègle dont il avait le secret. Il pencha la tête vers elle. Son cœur s'emballa. Allait-il enfin lui rendre son baiser ? Non, ses lèvres s'approchèrent de son oreille. Pendant un moment, il ne dit rien, inhalant simplement son odeur comme pour l'absorber. Son souffle tiède dans son cou attisait son désir.

— Veux-tu que je t'embrasse ? susurra-t-il.

Elle n'avait pas exprimé ce qu'elle voulait. Il l'obligeait à le faire. Ses seins étaient lourds, leurs pointes dures sous la dentelle de son soutien-gorge. Elle désirait qu'il la touche, désespérément. Il lui était déjà arrivé de sentir un vide en elle. Mais jamais comme cela. Elle avait besoin de lui, de son corps dans le sien. Elle n'avait qu'un mot à dire…

— Oui, souffla-t-elle.

Le feu vert qu'il attendait. Il referma une main sur ses fesses pour la plaquer contre lui. Puis ses lèvres descendirent dans son cou. Une sensation humide... Sa langue effleurant sa peau, comme pour la goûter. Un grognement appréciateur, auquel elle répondit par un soupir tremblant. Il releva la tête et l'interrogea du regard. *Il est encore temps d'arrêter.* C'était ce que ses yeux lui disaient. Louisa n'avait pas envie d'arrêter. Elle voulait que ce moment dure toujours.

Il dut le comprendre car, sans crier gare, il captura sa bouche. Enfin ! Ses lèvres étaient étonnamment douces pour un homme de sa trempe. Mais il n'y avait rien de doux dans leur baiser. Sous la pression de sa langue, elle lui livra passage. Un prélude au plaisir à venir. Son baiser était tour à tour enjôleur, avide, exigeant. Louisa s'abandonnait au déluge de sensations qu'il suscitait en elle. Lorsque la fougue retomba, elle le retint. Et si c'était tout ce qu'il était prêt à lui donner ? Alors qu'elle voulait tellement plus ! Elle voulait ne faire plus qu'un avec lui.

Son petit rire l'électrisa. Moins que la preuve insistante de son désir contre son bas-ventre. C'était elle qui lui faisait cet effet. Cet homme qui avait le monde à ses pieds la désirait, *elle.* Il promena un index le long de sa joue, de son cou, jusqu'à sa poitrine. Il n'avait qu'à l'effleurer pour qu'elle soit en pâmoison. Il s'arrêta à l'orée de son décolleté.

— Veux-tu que je te caresse, Louisa ?

Il glissa une main sous son sein gauche, dans l'attente de sa permission, tandis que de l'autre il la serrait plus fort contre lui.

— Oui, s'il te plaît.

Sa bouche reprit la sienne, en même temps que sa paume moulait son sein. Son téton se hérissa sous les délicats attouchements de son pouce. Un feu s'alluma entre ses cuisses. Pouvait-elle jouir de cette façon ? Dans l'intimité de son lit la nuit, lorsqu'elle laissait ses fantasmes prendre possession d'elle, ses orgasmes étaient longs à venir. Agréables, mais pas totalement satisfaisants. Ce soir, la déferlante de sensations lui donnait le vertige. Elle se sentait comblée et négligée à la fois. Ce n'était toujours pas assez.

Elle se mit à bouger contre Matteo sans qu'il cesse de taquiner ses seins. Elle ne savait laquelle, de sa bouche ou de sa main, était la plus habile. Le supplice était divin. Peu importait qu'elle y survive ou non. Elle se serait damnée pour lui en cet instant.

Matteo s'arracha à leur baiser, à court d'air.

— J'ai envie de toi. Je te veux tout entière, grogna-t-il, plus bestial qu'humain.

Ce pouvoir la grisait. Qu'elle puisse réduire à cet état un homme avec autant d'expérience, qui n'avait qu'à claquer des doigts pour avoir n'importe quelle femme ! Mais c'était elle qu'il désirait. Louisa se tenait à la croisée des chemins. Toute sa vie, elle avait été conditionnée à choisir la sécurité. Ce soir, elle voulait... se lancer. Écouter ses désirs. Elle voulait Matteo. Elle n'avait jamais eu voix au chapitre, enfant. Cette voix étouffée, elle avait lutté pour la retrouver, adolescente. Même adule, elle peinait encore à s'affirmer. *Plus maintenant.*

— Moi aussi, Matteo, je te veux tout entier.

— C'est-à-dire ? Que veux-tu, Louisa ?

De nouveau, il l'obligeait à assumer son désir. Il ne pouvait y avoir aucun malentendu. Si elle faisait ce choix, c'était parce qu'elle l'avait explicitement exprimé, en son âme et conscience. Elle n'avait jamais été aussi sûre d'elle.

— Je veux que tu me fasses l'amour.

Il exhala un soupir où se mêlaient soulagement et désir.

— Prends ma main.

Un autre choix. Louisa la prit sans hésiter. Ce soir, elle disait oui à tout. Matteo la ramena à l'intérieur, avant de se tourner vers elle.

— Ce sera plus rapide si je te porte.

Joignant le geste à la parole, il la souleva comme si elle ne pesait rien. Louisa se blottit d'instinct contre lui. Comme la nuit où il l'avait sauvée à Easton Hall. Mais ce soir il n'y avait aucun danger. Lovée dans ses bras, elle se sentait la personne la plus chérie au monde.

Ils franchirent le seuil d'une chambre. Celle de Matteo, présumait-elle, baignée par le clair de lune. Il la posa à terre, sans la lâcher pour autant. Il devait savoir qu'elle se liquéfierait à ses pieds sans son soutien. Raison de plus pour lui dire. Quoi que ses dessins donnent à penser, elle était vierge. Voudrait-il quand même d'elle ?

Trop tard pour reculer.

— Je n'ai jamais fait cela avant, murmura-t-elle.

Il l'étreignit plus fort.

— Je sais. Ne t'inquiète pas. Je ferai attention.

Ses mots lui donnaient l'impression d'être un bibelot fragile.

— Ce n'est pas ce que je veux...

Elle voulait la passion, la vraie, débridée et sauvage. Elle voulait... se libérer d'elle-même. Devenir femme.

— Fais-moi confiance. Veux-tu que j'allume la lumière ?

Elle n'avait pas songé à cela. Elle souhaitait le voir nu, oui. Dans toute sa glorieuse virilité. Mais ses inhibitions la faisaient hésiter. Matteo avait beaucoup d'expérience. Que penserait-il de son corps ? La jugerait-il assez bien pour lui ?

— Ne réfléchis pas, Lulu. Détends-toi et laisse-moi décider pour l'instant, d'accord ? Si quelque chose te déplaît, dis-le et j'arrêterai.

Elle acquiesça. Son cœur cognait dans sa poitrine. Pas de peur mais d'anticipation. La lumière resta éteinte. Matteo enleva sa veste de ses épaules et la jeta dans un fauteuil. Puis il détacha sa ceinture et tira lentement sa robe le long de son corps. Les deux atterrirent sur le parquet. Peu après, son soutien-gorge suivait le même chemin. Par réflexe, elle leva les bras pour se couvrir.

— Non, ne te cache pas. Laisse-moi t'admirer.

Ses bras retombèrent sous son regard de braise.

— Tu es magnifique, lâcha-t-il, la voix rauque de désir. Allonge-toi sur le lit.

Elle fit ce qu'il demandait. Mais elle ne savait quelle position adopter pour avoir l'air sexy et sûre d'elle. Sur le dos ? Sur le côté ?

Ces questions s'évanouirent lorsqu'il retira sa chemise. *Seigneur !* Dans la clarté blafarde de la lune, son torse semblait avoir été sculpté dans le marbre. Il rivalisait avec le David dessiné dans son carnet. Les larges épaules. Les muscles déliés. Le fantasme féminin par excellence. S'il était une sculpture, on louerait le génie de l'artiste.

Il la rejoignit sur le lit.

— Et le pantalon ? demanda-t-elle.

— Plus tard. Pour l'instant, je m'occupe de toi.

Il se pencha et imprima les lèvres sur son ventre.

— Ce soir, j'embrasserai chacune de tes taches de rousseur.

Ses baisers déclenchaient une infinité de frissons en elle. Son souffle brûlant enflammait sa peau nue tandis qu'il descendait vers sa petite culotte, qu'il fit glisser le long de ses cuisses avec révérence. Son corps palpitait, sensible au plus infime contact, à la plus légère inspiration.

— Écarte les jambes.

Elle obéit sans discuter. Protester ne lui serait même pas venu à l'idée.

— Je peux ?

— S'il te plaît.

Elle mourrait s'il ne la touchait pas. Lui seul avait le pouvoir d'assouvir ce désir qui la tourmentait. Ses mains se promenaient le long de ses cuisses, et elle s'arqua à leur rencontre.

— Je ne vais pas te faire attendre plus longtemps…

Deux doigts trouvèrent son clitoris, qu'ils massèrent lentement selon un rythme lancinant.

— Si tu pouvais me voir te caresser… Tu es mouillée, Lulu. Tu n'attends que cela, que je te prenne, n'est-ce pas ?

Louisa gémit. Ce qu'il lui faisait surpassait de loin sa maigre expérience. Seule dans sa chambre à coucher ses fantasmes sur le papier. La passion en deux dimensions. Mais ce soir, elle vivait la passion pour de vrai. Le plaisir la suffoquait. Il avait raison :

elle se languissait de sa possession. D'elles-mêmes, ses cuisses s'écartèrent plus grand.

— C'est bien, mon cœur. Je vais commencer par un doigt. Tu aimerais ça ?

Elle aimait tout ce qu'il proposait. Quoi qu'il demande, elle était partante.

— Oui, souffla-t-elle. Oui, s'il te plaît.

Ses doigts quittèrent son bourgeon enflé de désir pour glisser le long de sa fente. Elle se cambra sous leur légère pression. Alors il en enfonça un en elle et gémit lui aussi.

— Mon Dieu, Lulu, tu es exquise ! Sens l'effet que tu me fais.

Il s'empara de sa main et la plaqua sur son entrejambe. Un renflement pressait contre sa paume à travers le pantalon. Si massif ! Tout son corps s'enfiévra. Elle serra, mais il se dégagea.

— Bientôt, dit-il. Je dois d'abord m'assurer que tu es prête.

— Je le suis ! Maintenant, s'il te plaît...

Ce qu'elle voulait était là, à portée de main. Peu importait sa taille intimidante. Sa peur s'évaporait face au désir qui la tenaillait.

— Non. Tu ne seras vraiment prête que quand tu ne pourras plus que sangloter mon nom.

Une promesse qu'il s'attela aussitôt à accomplir.

— Comment te sens-tu, Lulu ? Tu aimes ça ?

Son doigt avait touché un point sensible. Un cri s'échappa de sa gorge comme une décharge la foudroyait. Matty eut un petit rire, presque diabolique. Il devait l'être, à sa façon de manipuler son corps exactement comme il fallait pour lui prodiguer un maximum de plaisir.

— Deux doigts, maintenant. Prête ?

— Oui...

Sa voix n'était plus qu'un soupir haletant. La pression s'accentua alors qu'un autre doigt entrait en elle. Leur lent va-et-vient la faisait dériver plus loin, toujours plus loin.

— Tu es si belle comme ça. Continue. Tu y es presque.

Oh ! Seigneur ! Ses doigts s'étaient recourbés, leurs caresses à présent ciblées sur un autre point où convergeait son plaisir.

— Ne lutte pas. Nous avons toute la nuit. Laisse-toi aller.

Son corps tremblait violemment, tendu vers la délivrance, juste là et pourtant hors d'atteinte. L'offensive sulfureuse se poursuivait, s'intensifiait. Matty ne lui laissait aucun répit.

— Jouis pour moi, Lulu.

Sa bouche sur son clitoris. Sa langue suçant et léchant. Louisa implosa. Elle convulsait, les joues ruisselantes de larmes, tout en criant son nom, encore et encore.

Matteo serrait dans ses bras la jeune femme sanglotante de plaisir. Le désir faisait rage en lui. Il aurait voulu la posséder là, telle qu'elle était, au sommet de l'orgasme. Mais il savait qu'elle avait besoin d'un moment pour se remettre. Une petite voix lui soufflait qu'il devrait se sentir coupable. Il l'ignora. Pourquoi culpabiliser de partager cette expérience avec elle ? Il l'initiait au plaisir. À tout ce qu'elle manquait dans la vie.

Il lui massa le dos en lui murmurant qu'elle avait été fantastique. Ses larmes ne tardèrent pas à sécher. Elle leva la tête et l'embrassa avec ferveur. Alors qu'il lui rendait son baiser, il sentit ses mains tirer sur son pantalon, gauches et impatientes. Il recula la tête.

— Tu veux plus ?

— Je veux tout.

La voix inégale, chevrotante. Son émotion aurait dû le faire hésiter. Mais tout ce qu'il entendait était le « oui » contenu dans ses mots. Il se redressa et baissa son pantalon, avec une lenteur calculée. Pour elle. Pour le spectacle. Pour lui donner le temps de changer d'avis. Mais Louisa suivait son geste d'un regard fasciné. Son intérêt était comme une voluptueuse caresse sur son corps. Depuis quand lui plaire comptait-il autant pour lui ?

Il jeta son pantalon par terre, puis fit de même avec son boxer. Louisa inspira brusquement. Était-ce de l'excitation ? De la peur ?

Il attendit quelques secondes, nu devant elle. Elle s'humecta les lèvres. Cette réaction faillit avoir raison de son self-control. Il était à deux doigts de la prendre là, sans ménagement, au lieu d'y aller en douceur comme elle le méritait. Il sortit un préservatif du tiroir de la table de nuit, déchira l'emballage et déroula la protection sur son érection. Louisa le regardait faire, lèvres entrouvertes. Étendue lascivement sur le lit. Ses taches de rousseur ressortaient sur sa peau d'albâtre comme autant d'étoiles.

Il s'allongea auprès d'elle. Lui caressa les seins. Elle agrippa la couverture à deux mains, peut-être pour s'empêcher de se jeter sur lui.

— J'ai besoin d'être en toi, susurra-t-il.

— Alors qu'attends-tu ?

Il prit ses lèvres dans un doux baiser, qu'elle approfondit aussitôt. Il la laissa mener la danse un moment, avant de reprendre le contrôle. Il voulait l'étourdir de plaisir comme elle n'en avait jamais rêvé. Être le seul homme…

Non. Le premier. Ce n'était que le début pour elle. Une initiation à ce que la vie avait de meilleur à offrir. Alors d'où venait cet élan possessif ? Ce désir inexplicable de la retenir captive et de la garder pour lui seul ? Il le refoula. Son but était de la libérer, pas de l'emprisonner. Sa main se faufila entre ses cuisses, qui s'ouvrirent pour lui. Elle était prête, encore humide de son premier orgasme. Il se hissa sur elle, les yeux rivés aux siens. Son membre niché contre ses lèvres intimes.

— Tu es si belle… Je veux que ce soit exceptionnel pour toi.

Il la pénétra lentement, centimètre par centimètre, à l'affût du moindre signe de douleur. Elle ferma les yeux tandis qu'il s'enfonçait dans sa chair étroite, par petits coups de reins mesurés, jusqu'à l'emplir tout entière. Le hoquet plaintif de la jeune femme se perdit dans son propre râle de satisfaction. La sensation était indescriptible, sans commune mesure avec ce qu'il avait connu auparavant. C'était si nouveau que c'était presque une première fois pour lui aussi.

Il commença à bouger. Lulu resta d'abord passive, les ongles enfoncés dans son dos. Mais bientôt, elle se mit à rouler des hanches, l'accompagnant avec une sensualité instinctive.

— Oh...

— Lulu ?

— C'est incroyable !

Juste les mots qu'il voulait entendre. Il s'oublia dans le rythme de leurs corps fusionnés. Son esprit était vide. Seul existait le plaisir dévorant. La peau satinée de Louisa. Ses soupirs désinhibés. Il accéléra ses coups de boutoir dans une frénésie éperdue. Les mouvements de Louisa devenaient de plus en plus erratiques alors qu'il la poussait inexorablement vers l'abîme.

— Lâche prise, Lulu. Prends ce que tu veux.

Son corps s'arc-bouta, secoué de spasmes, en même temps que son cri de jouissance résonnait à l'infini. La réalité explosa dans un grand éclair blanc, et l'orgasme l'emporta à son tour, dévastateur, ravageant tout sur son passage.

10

Louisa prit la main tendue de Matteo pour descendre du bateau. Ils avaient passé la matinée à naviguer sur le lac. Matteo l'avait d'abord emmenée au village de Nesso, avec sa cascade et son charmant pont romain. Puis ils avaient visité Bellagio, où ils s'étaient promenés en dégustant une glace sur le front de mer bordé de lauriers-roses en fleur.

Comme sa vie avait changé depuis leur première nuit explosive ! Les jours suivants, plutôt que de découvrir les abords du lac, ils avaient préféré se découvrir l'un l'autre. Explorer leurs corps telles des terres inconnues, avides d'en conquérir chaque relief de leurs lèvres et de leurs mains. Jamais elle n'aurait imaginé une telle vie possible. Quelques semaines plus tôt, une simple marche jusqu'au village voisin d'Easton Hall la rendait anxieuse. Confier à Matteo ce qui lui était arrivé l'avait libérée. Il n'avait eu qu'à la pousser un peu pour qu'elle ne soit plus la même.

Matteo avait parlé de l'emmener à Paris, où son intervention en personne était requise dans l'un de ses hôtels. Chaque jour, elle découvrait un nouvel endroit dans le monde où il possédait un établissement. Un autre lieu qu'il avait visité. Il n'avait plus mentionné son projet de transformer Easton Hall en hôtel. Peut-être n'en voyait-il plus l'utilité ? La vie était belle, chaque jour une nouvelle aventure. Louisa flottait sur un nuage.

— J'ai un défi pour toi.

Elle revint au présent.

— Ah ? Quel genre de défi ?

Matteo eut un sourire énigmatique.

— Tu verras. Ça va te plaire.

Sa main n'avait pas lâché la sienne. Ferme et rassurante. Quand s'était-elle mise à penser à lui de cette façon ? À se sentir en sécurité avec lui, alors qu'il menaçait de l'expulser de chez elle ? Son estomac se noua. Elle ne voulait pas penser à cela. D'ailleurs, il n'en avait plus reparlé. Après ce qu'elle lui avait confié, il devait comprendre pourquoi Easton Hall était si important pour elle. Elle l'avait entendu évoquer des travaux au téléphone. Cela signifiait-il qu'ils pourraient bientôt rentrer ? Aussi idyllique que soit cette parenthèse italienne, Easton Hall lui manquait. C'était sa maison. L'endroit où elle gardait ses meilleurs souvenirs.

La voix de Matteo interrompit ses réflexions.

— Ne t'inquiète pas. Tu peux toujours dire non.

Louisa n'avait pas envie de dire non. Sa vie avait été si cloîtrée jusque-là. Elle voulait combler son retard. Vivre tout ce dont parlaient ses camarades de classe avant qu'elle soit retirée de l'école. Voyager. Embrasser un garçon. Rattraper le temps perdu. Elle avait trop souvent dit non. Aux invitations des habitants du village ou au jeune homme de l'épicerie qui lui avait offert de prendre un café. Dorénavant, elle voulait dire oui à la vie.

— Je te fais confiance, Matty.

Ils quittèrent le ponton privé. Mais, au lieu de regagner la maison, ils traversèrent les jardins jusqu'à un pavillon ouvert aux élégantes colonnes de marbre, au centre duquel miroitaient les eaux turquoise d'une piscine.

— J'ai pensé que tu aimerais apprendre à nager, dit Matteo. Ou au moins apprivoiser la sensation d'être dans l'eau.

Comme il le lui avait promis au lac. Elle n'avait pas vraiment cru qu'il tiendrait parole. Mais il n'avait pas oublié.

— Tu veux essayer ?

Il lâcha sa main et retira son polo, qu'il jeta sur un transat. La bouche de Louisa s'assécha. S'habituerait-elle un jour à son physique de dieu grec ? Les pectoraux saillants. La peau cuivrée qui contrastait avec la pâleur de la sienne. Le duvet viril disparaissant sous la ceinture du bermuda. Ses doigts la démangeaient de le toucher. Il y avait juste un problème…

— Je n'ai pas de maillot de bain.

— Dommage.

Un sourire joua sur ses lèvres.

— En as-tu vraiment besoin ?

Une vague de chaleur monta en elle. Elle et lui, nus l'un contre l'autre dans l'eau ?

— On pourrait nous voir, objecta-t-elle faiblement.

— Il n'y a personne. Mes employés ont leur après-midi. Si tu ne veux pas, je vais juste faire quelques longueurs avant que nous rentrions.

Il défit sa ceinture et baissa son bermuda. Louisa ravala sa déception en découvrant le caleçon de bain qu'il portait en dessous. Elle le désigna du menton.

— Ce n'est pas juste.

Il éclata de rire.

— La vie est injuste, Lulu.

Il s'approcha d'un clavier dans le mur et appuya sur un bouton. Des persiennes s'abaissèrent entre les colonnes jusqu'à mi-hauteur.

— Le soleil tape à cette heure. Je ne voudrais pas que tu prennes un coup de soleil.

Sa prévenance la toucha. Matteo ne semblait pas avoir conscience du tumulte qu'il soulevait en elle. Elle le regarda plonger et disparaître sous la surface. Quelques secondes plus tard, il réémergeait à l'autre extrémité du bassin. Puis il s'élança en sens inverse, fendant l'eau avec aisance de ses bras puissants. Parvenu au bord de la piscine, il se redressa, de l'eau jusqu'à la taille. Le torse ruisselant.

— Tu viens ? lança-t-il en repoussant ses cheveux mouillés en arrière.

Louisa regarda autour d'elle. Le pavillon était dissimulé par d'épais bosquets d'arbres. Personne d'autre que lui ne la verrait. Son cœur tambourinait. Pourquoi était-elle aussi nerveuse ? Il l'avait déjà vue nue. Elle n'avait plus de raison de jouer les vierges effarouchées. Et puis, ne s'était-elle pas promis de s'ouvrir à de nouvelles expériences ? Ses cheveux étaient tressés aujourd'hui. Pas de risque qu'ils finissent en paquet de nœuds. Elle n'avait aucune excuse, si ce n'est ses propres peurs. Sans plus réfléchir, elle se débarrassa de ses sandales et tira sa robe par-dessus sa tête.

Le sourire de Matteo se figea. Louisa sentit les pointes de ses seins se tendre sous son regard brillant de désir.

— L'escalier est par-là, indiqua-t-il d'une voix enrouée.

Elle ôta son soutien-gorge en dentelle, puis ce fut au tour de sa culotte. Enfin, elle approcha de l'escalier. Trempa les orteils avant de se décider à descendre les marches une à une. L'eau lui monta aux chevilles. Puis au genou. À mi-cuisse. Matteo tendit les deux mains en la voyant hésiter. Louisa oscillait entre plaisir et appréhension. L'eau fraîche sur sa peau était agréable. Mais qu'arriverait-il si elle perdait pied ?

— Je suis là. Je ne te lâcherai pas.

— Je sais.

Elle prit ses mains, et il recula pas à pas jusqu'à ce qu'elle soit entièrement dans l'eau. Le bassin était peu profond à cet endroit. Mais l'écho de la voix de sa mère continuait à résonner dans sa tête. *« Et si tu te noies ? »* Louisa l'ignora. Matteo ne laisserait rien lui arriver.

— À quoi penses-tu ? demanda-t-il.

— Qu'est-ce qui te fait dire que je pense à quelque chose en particulier ?

— Tu fronces les sourcils.

Il pointa un index sur son front, entre ses yeux. Une goutte d'eau coula sur son visage. Il l'essuya du pouce.

— Ma mère me défendait de me baigner, raconta Louisa. Elle disait que je me noierais si elle n'était pas là.

Matteo jura dans sa barbe.

— Oublie tout ce que cette femme t'a dit. Elle n'avait pas à cœur ce qui était le mieux pour toi. Je peux t'y aider si tu veux.

Il l'enlaça et prit sa bouche dans un langoureux baiser. Louisa se plaqua contre lui. La chaleur de son corps contrastait avec la fraîcheur de l'eau. Rien de tel, en effet, pour lui faire tout oublier.

Matteo rompit leur baiser, le souffle haché.

— Je t'avais promis de t'apprendre à nager.

— C'est vrai.

— Allons là où c'est un peu plus profond.

Louisa s'interdisait d'interpréter la situation. Cela ne voulait rien dire. Être en couple ne l'avait jamais intéressée. L'amour conduisait à la perte. Les deux étaient inextricablement liés. Elle fronça les sourcils. Pourquoi pensait-elle à cela ? L'amour n'avait rien à voir là-dedans. Matteo avait été très clair : l'amour n'était pas pour lui. Pour elle non plus, du reste. Le sexe, ces moments qu'ils partageaient… Cela lui suffisait.

Matteo, sans la lâcher, se mit à reculer dans l'eau.

— Ça va ? s'enquit-il.

Elle opina.

— J'ai fait des recherches sur l'apprentissage de la nage…

Le fait qu'il se soit renseigné et ait pris le temps de préparer cette séance la toucha au-delà des mots. C'était plus que de la considération. C'était la preuve qu'il se souciait d'elle et commençait à comprendre ses besoins.

— Et qu'en as-tu retenu ?

— Que tu dois d'abord apprendre à flotter, répondit-il. Allonge-toi sur le dos.

Il l'aida à basculer en arrière avec précaution. Elle avait beau savoir qu'il la tenait, la nervosité la gagna. Son souffle s'emballa.

— Je suis là, Lulu. Écarte les bras et essaie de te détendre.

Elle suivit son conseil, les yeux fixés sur les rais bleus entre les persiennes. Sa respiration s'apaisa. Matteo la suivait doucement en la soutenant. Elle ferma les paupières, les sons étouffés par l'eau, et se laissa dériver en toute confiance.

— Je vais te lâcher un instant, la prévint-il. Je suis toujours là. Mais tu peux le faire toute seule.

Il détacha les mains de son corps. Elle continua à flotter, sans ressentir la moindre peur. Elle savait que rien ne pouvait lui arriver tant que Matteo était à ses côtés. Elle n'aurait su dire combien de temps elle resta là, allongée sur l'eau. Les mains de Matteo revinrent sous ses épaules. Louisa ouvrit les yeux, le regard happé par le sien. Il pencha la tête et l'embrassa.

— Il y a un défaut majeur dans mon plan...

— Lequel ?

Il l'aida à se remettre à la verticale et l'enlaça.

— Tu es nue, et j'ai très envie de toi.

Elle noua les bras autour de son cou. Les jambes autour de sa taille. Leurs bouches s'unirent avec fougue. Elle se mit à onduler contre son corps, dur et prêt pour elle. La délicieuse friction attisa leur passion.

— J'aimerais être un homme meilleur, murmura-t-il contre ses lèvres.

— Tu l'es déjà. Pourquoi ne le vois-tu pas ?

Il appuya le front contre le sien.

— Tu oublies une chose, Lulu. Je ne suis pas arrivé où j'en suis sans obtenir tout ce que je voulais. Aucun obstacle ne m'a jamais résisté.

Avait-il vraiment *tout* ce qu'il voulait ? Il cherchait sa famille biologique et était dans l'impasse. Il s'était résigné à ne sans doute jamais la trouver. Louisa le soupçonnait de vouloir une vraie famille, malgré ses dénégations. Matteo était toujours en mouvement, toujours à la recherche de quelque chose. Mais savait-il seulement ce qu'il cherchait ?

— Tu peux avoir ce que tu veux de moi, dit-elle. Je ne suis pas un obstacle.

Ses yeux bruns étincelèrent. Elle parlait de sexe, bien sûr. Mais où était le mal, l'espace d'un instant dans ses bras, à croire à un avenir possible ?

— Méfie-toi. Je pourrais n'avoir rien à t'offrir en retour.

Ne voyait-il pas tout ce qu'il lui avait déjà apporté ? Personne n'avait jamais été aussi gentil avec elle. Mais il ne voudrait pas l'entendre. Il y avait tant de choses qu'il n'était pas prêt à accepter sur lui-même.

Elle se pressa explicitement contre lui. Le brun de ses yeux vira à l'ébène.

— Tu es tout ce que je veux. Ici et maintenant.

La bouche de Matteo s'écrasa sur la sienne, et elle s'alanguit dans ses bras avec abandon.

11

Louisa profitait du soleil de fin de matinée dans le patio. Matteo caressait ses cheveux humides, en séparant les mèches avec soin pour qu'ils sèchent plus vite.

— Nous ferions mieux de rentrer. Tu risques de brûler.

— Encore un petit moment...

L'air embaumait la lavande, un parfum qu'elle associerait désormais toujours à cet été. Les yeux clos, elle laissait les doigts de Matteo opérer leur magie. Si elle était une chatte, elle se mettrait à ronronner.

— Le feu et la soie, murmura-t-il comme pour lui-même. Magnifique.

— Ma famille souhaitait que j'aie les cheveux blonds des Bainbridge.

Il jura en italien.

— Qu'est-ce que je t'ai déjà dit à propos de leurs critiques ?

Louisa ouvrit les yeux et laissa le regard s'égarer vers le lac.

— De les oublier. C'est ce que je fais, la plupart du temps...

Certains jours, les voix dans sa tête revenaient, plus insistantes. Mais elles avaient moins d'impact quand elle était avec Matteo, assourdies par ses compliments et ses encouragements jusqu'à n'être plus qu'un bruit de fond à peine audible.

— Ne laisse plus jamais leurs mots t'atteindre. Ils ne te méritaient pas.

Il serra ses cheveux entre ses doigts. Tira sa tête en arrière.

Les lèvres de Louisa s'ouvrirent sous les siennes, et leurs langues entamèrent un sulfureux tango. Chaque jour était comme un rêve dont elle ne voulait jamais se réveiller. La réalité finirait par la rattraper, bien sûr. Mais elle avait le temps. Pas de contraintes. Pas de délai à respecter. Qu'est-ce qui l'empêchait de prolonger le conte de fées encore un peu ?

Le téléphone de Matteo vibra sur la table basse. Le charme se dissipa. Rompu par cette intrusion du monde extérieur qui refusait de les laisser en paix.

— Réponds. Tu as des affaires à gérer. Je ne bouge pas.

Matteo sourit.

— J'espère bien.

Il prit son portable et disparut à l'intérieur.

Louisa se leva et alla admirer le lac depuis la balustrade. Elle n'aurait jamais cru aimer un autre endroit autant qu'Easton Hall, ou presque. Là-bas, tout lui était familier. Rassurant. Ici… Aimerait-elle autant cette villa sans Matteo ? L'un n'allait pas sans l'autre. Tout ici était lié à lui. Ce patio où ils prenaient leur petit déjeuner à l'ombre des oliviers en pots. Leurs journées à explorer le lac et ses environs. Leurs nuits à s'explorer l'un l'autre. Aucune date de retour n'avait été arrêtée. Et si son futur s'écrivait avec une personne plutôt que dans un lieu donné ?

Non, il n'avait jamais été question de futur. Encore que… Matteo n'avait-il pas proposé de lui faire visiter le monde, ses hôtels, ses propriétés ? Quand, sinon dans le futur ? Et leurs nuits ensemble. Ces mots murmurés dans l'obscurité… Toujours. Il n'en avait jamais assez. Si, *ça*, ce n'était pas un futur ! Sans oublier toutes ses petites attentions à son égard. Cela devait bien signifier quelque chose, non ?

Un mouvement lui fit tourner la tête. Matteo reparut dans le patio. Son souffle se bloqua dans sa gorge, comme chaque fois qu'elle le regardait. Elle aimait cette aura de virilité qu'il dégageait. Avec lui, elle se sentait protégée et désirée. Mais quelque chose n'allait pas. Un pli barrait son front. Sa mâchoire était serrée, et une tension auparavant absente irradiait de son corps.

— Un problème ? questionna-t-elle.

— La famille veut contester le testament.

Son cœur manqua un battement. Les oiseaux, la brise... Tout se figea autour d'elle.

— En ont-ils le droit ?

Les mots peinaient à franchir ses lèvres. L'idée qu'ils lui prennent Easton Hall...

Matteo eut un rire sardonique.

— Je m'y attendais. Cela fait un moment qu'ils multiplient les menaces. Qu'ils essaient ! Ils risquent d'être déçus.

Il s'approcha d'elle et planta les deux mains sur la balustrade. Les yeux sur le lac, il avait l'air d'un monarque dominant son royaume.

Louisa s'efforçait de contenir son angoisse. Et s'ils obtenaient gain de cause ? Elle perdrait sa maison si chère à son cœur. Elle adorait la villa de Matteo sur le lac de Côme. Mais ce n'était pas chez elle. Elle voulait bien sillonner le monde, à condition d'avoir un endroit où rentrer. Cet endroit était Easton Hall. Elle se languissait de retrouver ses jardins. De sentir l'herbe fraîche sous ses pieds. De se promener le long du ruisseau avec Matteo. Rien ne les empêchait de voyager ensemble, mais ils auraient toujours une maison à eux. *Leur* maison. L'évidence la frappa de plein fouet. Comment ne l'avait-elle pas compris plus tôt ?

Elle aimait Matteo. Elle serait sa famille et lui, la sienne. Qui sait ? Peut-être un jour auraient-ils même des enfants ?

— Et si...

— Non. C'est notre chance de les détruire une bonne fois pour toutes.

Il tourna la tête vers elle. Ses yeux brillaient d'un éclat d'acier.

— Easton Hall m'appartient. Ils ne mettront jamais la main dessus. Le domaine ancestral sera intégré à mon empire hôtelier.

Des générations de gens en profiteront, mais aucun ne sera un Bainbridge. La famille l'aura perdu pour de bon.

Avait-il oublié qu'elle aussi était une Bainbridge par sa mère ? À cela s'ajoutait la question épineuse de l'héritage.

— Et moi dans tout cela ?

— Quoi, toi ?

Louisa eut l'impression de recevoir une gifle. Elle recula par réflexe. Il ne pensait pas du tout à elle. N'avait-elle aucune place dans ses projets d'avenir ?

— Easton Hall est ma maison.

Il roula des yeux.

— Tu peux vivre n'importe où. Tous mes hôtels sont à ta disposition. Tu n'as qu'à choisir. Easton Hall n'est que le symbole décrépi d'une famille véreuse. Une façade respectable pour une bande de menteurs, d'escrocs et de faux parangons de vertu. Tu n'as aucune raison de t'y accrocher.

— Tu peux parler, riposta-t-elle. Tu es obsédé par Easton Hall. Tu ne penses à rien d'autre.

Il la toisa, le visage déformé par la colère.

— Obsédé ? Je veux détruire ce que cette propriété représente. Tu le devrais aussi, après ce que tu as enduré.

Il ne comprenait toujours pas. Ce qu'ils partageaient méritait qu'ils se battent pour le conserver. Mais sa vengeance ? Elle ne ferait que semer la désolation. Pour la première fois, elle entrevoyait un futur possible, fondé sur la confiance et un amour sincère, *réel*.

— Matty, tu prétends ne pas avoir besoin d'un endroit à toi. Ne vois-tu pas que c'est faux ?

— Tu crois me connaître, mais tu ne sais rien, tonna-t-il.

Elle secoua la tête. Il ne voyait vraiment pas, aveuglé par sa haine pour une famille qui n'en valait pas la peine. Sa fureur éclipsait tout le reste.

— Tu m'as dit d'oublier ma mère et ses critiques. Suis ton propre conseil. Oublie la famille.

— Les *oublier* ? répéta-t-il avec un rictus incrédule.

— Toutes ces années, tu n'as fait que chercher ta place, Matty. Tu t'es mis en quête de tes parents biologiques. Tu as acheté une maison ici après avoir découvert tes origines italiennes. Qu'est-ce qui t'a fait avancer tout ce temps, sinon le besoin de planter tes racines ?

Sa voix avait pris un ton implorant. S'il croyait qu'elle n'avait pas son mot à dire là-dedans, il se trompait. Elle avait le droit de rester à Easton Hall, jusqu'à ce qu'elle décide de s'en aller définitivement. Ou qu'elle se marie... N'était-ce pas ce qu'elle voulait, en réalité ? Ce qu'elle désirait au plus profond de son cœur ? Avec Matteo. Lui et personne d'autre.

Elle posa une main sur son bras.

— C'est ce que tu as toujours cherché, Matteo. Un refuge. Un endroit où tu te sentes enfin chez toi.

Louisa rassembla son courage. L'heure était venue de se battre pour ce qu'elle voulait. Elle devait convaincre l'homme qui lui faisait face. Trouver en lui le garçon qu'il avait été. Son cœur lui appartenait. Il ne tenait qu'à lui de l'accepter. Elle espérait de tout son être que ce serait le cas.

Matteo dégagea son bras et se mit à arpenter le patio. Ne comprenait-elle pas que c'était sa chance ? Il avait l'occasion de porter le coup de grâce aux Bainbridge, et elle voudrait qu'il y renonce pour un « chez-soi » chimérique ? Aucun obstacle ne l'arrêtait. Il irait jusqu'au bout.

— Je te l'ai déjà dit, Louisa. Cela ne m'intéresse pas.

Elle eut un geste suppliant.

— Tu te voiles la face, insista-t-elle. Tu possèdes des hôtels partout dans le monde. Des lieux d'évasion, certes, mais où les gens se sentent chez eux le temps de leur séjour. Tu ne t'es jamais demandé pourquoi tu as choisi cette carrière ? Pourquoi tes affaires sont si florissantes ? Ta chaîne hôtelière s'appelle Arcadia. J'ai cherché la définition. Un lieu idéal empreint de nostalgie. Une contrée d'innocence et de plaisir. Qu'est-ce que cela signifie, à ton avis ?

Il secoua la tête. Elle voyait des signes là où il n'y en avait pas.

— Tu te fais des idées. C'est un domaine lucratif dans lequel j'excelle, voilà tout. Ce n'est pas pour rien que mon slogan est « Tous les voyages mènent à Arcadia ».

Elle leva les yeux au ciel.

— C'est bien ce que je dis, Matty. Tu cherches désespérément ton Arcadie, car tu es perdu. Et à présent tu veux me prendre ma maison. Le seul endroit où je me sente en sécurité et où je pensais passer le reste de ma vie.

Elle ne se sentait pas en sécurité avec lui ? Ses mots étaient un véritable coup de poignard. Elle ne comprenait pas, toujours prise au piège du passé.

— Tu es jeune, Louisa. Tu as besoin...

— D'être là où je suis heureuse, le coupa-t-elle. Et toi aussi. Tu peux arrêter de chercher. Je t'aime, Matty. Construisons notre chez-nous ensemble.

Matteo se figea. Son cœur cognait à tout rompre. *Non.* Impossible.

— Tu n'es pas amoureuse de moi.

Un étau lui comprimait la poitrine. Ce qu'elle lui offrait, il n'en voulait pas. Il n'avait rien demandé.

— Ne me dis pas ce que je ressens...

Il pouvait presque voir Louisa se replier sur elle-même. Comme si une part d'elle venait de s'effondrer.

— Ce n'est pas à toi de décider de ce que je veux dans la vie.

Sa voix s'était fêlée. L'étau se resserra. Il passa une main agitée dans ses cheveux.

— Je pensais que toi, au moins, tu comprendrais. Cette famille voulait te faire taire et te renvoyer auprès de la femme qui te maltraitait, pour protéger son nom. Elle m'a rejeté parce que je n'étais pas un vrai Bainbridge. Ils sont tous lâches et sans cœur. Ils méritent de payer.

Sa victoire était enfin à portée de main ! Mais Louisa secoua la tête.

— Comment comptes-tu les faire payer, au juste ?

— S'ils veulent la guerre, ils l'auront, déclara Matteo. Ce n'est pas un hasard si Mae m'a légué la maison et t'a accordé un droit de résidence. Elle l'a fait à cause de la façon dont cette famille nous a traités. La vérité éclatera au tribunal.

La jeune femme blêmit.

— Comment pourrais-tu... Tu sais ce qui va se passer. La presse en fera ses choux gras !

Matteo répondit par un rire froid. Le scandale les anéantirait, eux et leur précieuse réputation. Ils ne s'en relèveraient pas.

— Tant mieux. Qui sème le vent récolte la tempête. Quand ils comprendront ce qui leur arrive, il sera déjà trop tard.

— Non !

Louisa marcha sur lui, les poings serrés.

— Je ne veux pas que cette histoire définisse qui je suis. C'est tout ce que les gens retiendront de moi lorsqu'ils sauront. De quel droit te sers-tu de ce qui m'est arrivé contre une famille sur laquelle j'ai tiré un trait depuis longtemps ? Je compte moins pour toi que ta vengeance !

Matteo serra les dents. Elle voulait s'interposer ? Saboter ce qu'il échafaudait depuis des années ? Qu'espérait-elle, une déclaration d'amour ? Ses parents disaient l'aimer, mais l'avaient abandonné à la seconde où un enfant de leur sang était né. Et elle, qu'est-ce que l'amour lui avait apporté ?

— Si tu m'aimais vraiment, comme tu le prétends, tu comprendrais. Tu n'es pas amoureuse de moi, Louisa. Ce n'est qu'une illusion.

Les épaules de la jeune femme s'affaissèrent. Ses lèvres tremblaient.

— Je croyais... Je pensais que tu avais compris. Mais je me trompais. Je ne quitterai pas Easton Hall, Matteo. Je refuse d'être mêlée à cela. Tu es en train de tout détruire.

Elle tourna les talons et se dirigea vers la porte.

— Où crois-tu aller comme cela ?

— Loin d'ici, dit-elle sans s'arrêter. Loin de *toi*.

Matteo se sentait comme Atlas portant le monde sur ses épaules. Écrasé par un poids insoutenable. Elle ne pouvait pas partir. C'était impossible.

— Tu ne t'en sortiras jamais toute seule, siffla-t-il dans son dos.

Elle s'immobilisa alors, avant de se retourner lentement. La tête haute. Le regard dur. Déterminé.

— C'est ce qu'on verra.

Matteo faisait les cent pas dans sa villa déserte. Le soleil brillait haut dans un ciel sans nuages. Une journée idéale pour profiter du lac et de ses abords. Mais il n'avait pas le cœur à cela. Il tournait en rond, tous ses repères chamboulés. Comme s'il n'avait plus sa place dans sa propre maison. Une semaine s'était écoulée depuis que Louisa avait claqué la porte. Dans son arrogance, il avait été certain qu'elle reviendrait en courant. Les heures s'étaient égrenées, puis la nuit était tombée. Pas de Louisa. Juste le silence.

L'inquiétude l'avait gagné. Elle était seule dans un pays étranger. Il avait promis de la protéger et il n'était pas avec elle. *Maudites promesses.* Il l'avait cherchée au village en inspectant chaque ruelle. Il était retourné à la *trattoria* où ils avaient dîné. Mais elle s'était évanouie dans la nature. Il aurait appelé la police s'il n'avait pas reçu un message de son assistant l'informant que Louisa l'avait contacté. Elle lui demandait d'emballer ses affaires et de les envoyer à l'adresse qu'elle lui fournirait.

Matteo attendait toujours l'adresse. Il pensait sans arrêt à elle. Était-elle en sécurité ? Mangeait-elle correctement ? Comment s'en sortait-elle, loin de ses repères habituels ? L'incertitude lui vrillait les entrailles. Il avait le sentiment d'avoir perdu quelque chose d'irremplaçable. Elle était partie. Plus exactement, elle l'avait quitté, *lui*. La distinction était fondamentale.

Il avait souvent ressassé leur dernière confrontation. Sans comprendre, au début, pourquoi elle s'opposait à ce que les Bainbridge soient punis. Il avait le pouvoir de les détruire. De leur faire payer la souffrance qu'ils leur avaient infligée à tous les deux. Mais dans son cas cette souffrance, avait-il réalisé, s'était retournée contre lui. Elle le rongeait de l'intérieur tel un poison. Louisa lui avait offert son amour, et il le lui avait jeté à la figure.

Parce qu'il avait peur.

Il tourna le dos à la vue. Cette vue qui l'apaisait auparavant, mais ne lui rappelait plus désormais que ce qu'il avait perdu. Les relations ne l'avaient jamais intéressé. Il avait passé sa vie d'adulte seul, à voyager et bâtir sa fortune, pour en arriver exactement où il était aujourd'hui. Son but n'avait pas changé. Il avait une bataille à livrer contre les Bainbridge. Comme l'avait requis Louisa, il avait fait emballer ses affaires, en commençant par sa chambre. Il ne restait que son bureau à vider.

Matteo n'aurait su dire pourquoi il avait ordonné de s'en occuper en dernier. Peut-être dans l'espoir que Louisa reviendrait ? Mais elle ne reviendrait pas. Pas plus que sa mère biologique ou ses parents adoptifs. Le schéma se répétait. Tout le monde finissait par le quitter. C'était pour cela qu'il était toujours en mouvement. C'était lui qui partait. Lui qui avançait et laissait les autres derrière. Au fond, il n'était pas surpris que ses pas l'aient mené au bureau de Louisa. Son travail était si important pour elle. Comment avait-elle pu tout abandonner sur place ? Cela en disait long sur sa hâte à s'éloigner de lui.

Ses carnets étaient soigneusement empilés sur la table à dessin. Il caressa du doigt leurs reliures à spirale, pris du besoin irrépressible de les ouvrir. De s'immerger dans l'innocence de ses illustrations. Une innocence qu'il lui avait volée. Il avait cherché à la corrompre, elle qui méritait tellement mieux qu'un homme aigri et égoïste. Il s'était servi d'elle pour satisfaire sa soif de vengeance, avant de la rejeter comme si elle ne signifiait rien. Pas étonnant qu'elle soit partie sans un regard en arrière !

Il prit le premier carnet et tourna les pages, envoûté par ces dessins qu'il ne comprenait pas, mais qui le connectaient, d'une certaine façon, au jardin secret de Louisa. Comment était-elle sortie indemne de ce qu'elle avait enduré ? Qu'elle ait su préserver sa capacité d'émerveillement tenait du miracle.

C'était *elle*, le miracle.

Il ouvrit le dernier carnet. Celui-ci semblait différent des autres. La première page montrait une fillette aux cheveux roux et un petit garçon dans une forêt, avec pour titre :

Les Extraordinaires Aventures de Lulu et Matty.

Le temps s'arrêta. Son cœur se mit à cogner plus fort à mesure qu'il feuilletait le carnet. Sur ses pages s'étalait l'histoire de deux enfants solitaires qui, l'espace d'un été, s'étaient trouvés pour créer leur propre magie. Les images sur le papier prenaient vie dans sa tête. Il avait oublié qu'ils avaient découvert un nid de hérissons. Essayé d'attraper des poissons à mains nues dans le ruisseau. Couru dans les couloirs secrets d'Easton Hall en faisant semblant d'être poursuivis par des fantômes.

Les seuls fantômes qui le hantaient aujourd'hui étaient ses propres démons. Il n'était qu'un gamin perdu à l'époque, qui cachait sa peur derrière une posture bravache. N'était-ce pas ce qu'il était toujours ? Il continua à tourner les pages, remplies d'histoires de vacances de deux enfants libres d'être eux-mêmes. Un petit garçon et une petite fille, innocents et heureux.

Louisa avait su garder cette innocence. Lui l'avait perdue. Il avait passé sa vie à courir après la réussite et à s'enrichir. Et pour quoi ? Il le comprenait, à présent. Cet été de ses douze ans avait été le plus heureux de sa vie. Non… Un autre l'éclipsait. Celui qu'il vivait avec Lulu avant qu'elle s'en aille. Comment avait-il pu être aussi aveugle ? Cette douceur de vivre jour après jour, cette chaleur intérieure qui ne le quittait plus… C'était *cela*, le bonheur, tout simplement.

Une autre sensation lui dilatait la poitrine. Une émotion inconnue, trop vaste pour être contenue. Elle débordait et l'empêchait de respirer. Lulu faisait ressortir une facette différente de lui. Avec elle, il se découvrait patient. Attentionné. Il voulait la protéger, pas parce qu'il l'avait promis, mais parce qu'il tenait à elle. Parce qu'elle faisait partie de sa vie. De son futur.

Parce qu'il l'aimait.

Il se laissa choir sur la chaise. Il l'aimait, mais avait refusé d'y croire, car tous ceux qu'il avait aimés l'avaient quitté. Louisa aussi… Non, c'était un mensonge. C'était lui qui l'avait repoussée lorsqu'elle avait refusé de se laisser empoisonner par la haine qui le consumait depuis si longtemps.

N'avait-il pas agi de la même façon avec sa sœur ?

Il parcourut le carnet jusqu'au bout. Il y avait certaines histoires dont il se souvenait, comme celle où ils s'étaient gavés de fruits rouges à en avoir mal au ventre. D'autres lui étaient totalement sorties de la tête. Avait-il vraiment essayé de parler aux abeilles après que Mae lui avait raconté être allée prévenir la ruche de la mort de grand-oncle Gerald en promettant de s'occuper d'elle à sa place ? Tout en lisant, il cherchait en lui un vestige de cette innocence. Il en avait besoin. Presque autant que d'une certaine rousse au cœur d'or.

Il songea à toutes les personnes qu'il avait repoussées par peur de les perdre, certain qu'elles finiraient par le quitter. Il les avait bel et bien perdues. Mais seulement parce qu'il n'avait pas eu le courage de les retenir, ou assez confiance en lui pour essayer. Cela devait changer.

Il sortit son portable de sa poche. Les messages de sa sœur s'alignaient sur l'écran. Toutes ses tentatives de contact qu'il avait ignorées. Il inspira profondément et l'appela. Elle décrocha aussitôt.

— Matty ?

— Flick. Désolé de ne pas t'avoir rappelée plus tôt. J'étais… occupé. Comment vas-tu ?

Il crispa la main sur son téléphone. Était-elle en forme ? En bonne santé ?

— Très bien ! répondit-elle avec animation. Très occupée aussi. Figure-toi que...

Le soulagement l'envahit tandis qu'elle lui racontait son prochain séjour en Australie. Un premier pont de reconstruit. Mais ce n'était qu'un début. Il devait d'abord le consolider avant de passer au suivant. Le plus important. Son pire échec et sa plus grande perte.

Lulu.

Elle lui avait déclaré son amour et lui avait fait une place dans son cœur. Pour la première fois de sa vie, il s'était senti... chez lui. Elle avait raison. C'était ce qu'il avait toujours cherché sans le savoir. Et il l'avait enfin trouvé. Non pas quelque part, mais avec quelqu'un. Il avait besoin de son innocence. De son amour. Il avait besoin d'*elle*.

Et il se battrait pour la reconquérir.

12

Louisa contemplait le lac de Côme depuis sa terrasse. Encore une belle journée ensoleillée. Il avait fait beau tous les jours depuis qu'elle était partie de chez Matteo deux mois plus tôt. C'était injuste. Pendant une semaine, elle n'avait fait que pleurer. Pourquoi le ciel ne pleurait-il pas avec elle ? Mais peut-être était-ce un message qu'il lui envoyait. Même si quitter Matteo avait été un déchirement, elle survivrait. Le monde continuait de tourner, et la vie suivait son cours.

Le premier jour, elle s'était réfugiée dans une *pensione*, totalement dévastée. Matteo avait rejeté tout ce qu'elle lui avait offert. Son cœur. Son amour. Un futur avec elle. Elle avait pleuré et pleuré jusqu'à n'avoir plus une seule larme à verser. Après quoi, son premier réflexe avait été de rentrer à Easton Hall. Elle avait appelé Mrs Fancutt, qui lui avait appris que le manoir était toujours en travaux, mais que la loge du gardien était inoccupée. Louisa avait caressé l'idée de s'y installer, avant de se raviser. Retourner là-bas signifiait revenir en arrière, dans le passé. C'était vers l'avenir qu'elle devait se tourner. Qui sait ce qui arriverait si les Bainbridge contestaient le testament ? Elle ne supporterait pas de rentrer à Easton Hall, seulement pour en être chassée à nouveau.

Voilà comment elle se retrouvait à louer cette maisonnette de vacances sur le lac. Elle avait du temps et de l'argent. Pas question de laisser ce qui s'était passé avec Matteo lui gâcher ce magnifique endroit. C'était ce qu'elle s'était dit en prenant cette location. Mais le hasard était cruel. Son regard suivit un petit bateau à moteur fendant l'eau en direction du village où elle séjournait. Au loin, une tache pâle ressortait dans le paysage verdoyant. Peu après son installation, elle avait réalisé que ce n'était autre que la Villa Arcadia. La maison de Matteo.

« Tu ne t'en sortiras jamais toute seule. »

Ces mots lui avaient fait si mal ! Plus mal que tout ce qu'elle avait enduré dans sa vie. Elle croyait que Matteo la comprenait. Qu'il tenait à elle. Quelle idiote ! Elle s'était trompée sur toute la ligne. Elle se leva et quitta la terrasse. À quoi bon rester là à fixer un point de l'autre côté du lac, obnubilée par un homme qui ne voulait pas d'elle ? Dans la cuisine, elle s'assit à la table rustique devant le carnet et les crayons qu'elle avait commandés en ligne. Matteo se trompait aussi. Elle s'en sortait très bien sans lui.

Elle avait repris le travail en signant un nouveau contrat. Elle s'était également initiée à la cuisine grâce à Internet et à la bienveillance de la propriétaire, qui l'avait prise en pitié et lui avait montré de multiples recettes de pâtes. Jour après jour, Louisa s'efforçait d'avancer et de réorganiser son existence. C'était le point positif : cette expérience l'avait fait grandir. Sa vie n'était plus en stagnation, figée dans le passé comme quand Matteo s'était présenté à Easton Hall. Elle apprenait à vivre en femme indépendante. Elle lui devait au moins cela.

Elle mit ses lunettes de lecture et commença à griffonner en donnant carte blanche à son imagination. Les illustrations demandées étaient pour un journal sur le thème de la nature. Rien de compliqué. Il suffisait de se représenter les différentes saisons. Son crayon esquissait des fruits, des fleurs, des animaux. Mais le cœur n'y était pas. Peut-être parce qu'il était resté là-bas, dans cette villa ensoleillée au bord du lac. L'endroit où elle s'était enfin trouvée.

Elle regarda son carnet. Sans s'en apercevoir, elle avait dessiné un Prince Crapaud. Elle posa son crayon. Les larmes lui piquaient les yeux. Très jeune, elle avait rejeté l'idée de l'amour par peur de souffrir et d'être trahie, certaine de ne pouvoir y survivre. Cela ne l'avait pas empêchée de tomber amoureuse pour autant. Et ses pires craintes s'étaient réalisées. Pourtant, elle était là, bien vivante. Elle souffrait, cela, oui ! Mais, si c'était à refaire, elle le referait sans hésiter. Ces moments avec Matteo étaient la plus belle chose qui lui était arrivée. Le bonheur l'avait prise au dépourvu sous le soleil d'Italie. Leurs rires. Leur complicité. L'envie de plus. Cette plénitude sans limites… Elle avait fini par comprendre que c'était leur futur qu'elle entrevoyait. Et Matteo l'avait foulé aux pieds, car son objectif était tout autre.

Elle se demanda comment il allait. S'il se battait pour Easton Hall. Pour sa vengeance contre cette famille qui ne l'avait jamais vraiment accepté. Était-il enfin en paix ? Avait-il trouvé sa place ? Ce chez-lui dont il avait tant besoin ? Elle ne devrait pas s'inquiéter pour lui. La vengeance était toxique. Elle l'aurait détruite. Louisa avait dû faire un choix et avait opté pour son propre salut.

Confortée dans sa décision, elle reprit son crayon. Plus de Prince Crapaud déchu. Elle croquait quelques nouvelles idées quand on frappa à la porte. La propriétaire ? Sans doute. Elle lui avait promis de lui apprendre à cuisiner les gnocchis quand Louisa les avait cités comme son plat préféré. Elle se leva et alla ouvrir.

Dans l'embrasure, auréolé de soleil, se tenait Matteo. Lunettes noires sur le nez. Cheveux balayés par la brise. Louisa se raccrocha au battant, les jambes en coton. Il était la dernière personne qu'elle s'attendait à voir. Un torrent d'émotions se déchaîna en elle. La joie le disputait au désarroi. Elle hésitait entre le chasser et le supplier de rester. Mais leurs aspirations divergeaient. Qu'il reste n'était pas une option.

— Lulu.

— Matteo.

Il avait cessé d'être Matty le jour où elle avait quitté sa villa. Le jour où il lui avait montré jusqu'où il était prêt à aller pour se venger de leur famille, et ce qu'il pensait vraiment d'elle par la même occasion. Il avait rejeté son amour et le foyer qu'elle lui offrait.

— Je peux entrer ?

Elle haussa les épaules.

— Partiras-tu si je dis non ?

Il resta là, sexy en diable avec son teint bruni par le soleil. Plusieurs détails retinrent son attention. Il tenait ses chaussures à la main. Son pantalon chino était roulé sur les mollets et mouillé en bas. Peut-être un peu lâche sur les hanches. Une barbe de trois jours plus fournie que d'habitude ombrait son menton. Et les cernes sous ses yeux n'étaient pas sans rappeler les siens. Il avait l'air accablé. Elle aurait pu en retirer une certaine satisfaction. Mais ce n'était pas le cas.

Il poussa un soupir.

— Lulu...

— Non, le coupa-t-elle. Je ne suis pas Lulu. Et tu n'es pas Matty. Ces deux enfants auraient dû grandir il y a longtemps. Ils n'existent plus.

Pourquoi, après le mal qu'il lui avait fait, éprouvait-elle encore le besoin de le réconforter ? Ce devait être cela, l'amour. Matteo était l'homme qui l'avait révélée à elle-même. Il avait brandi un miroir et l'avait forcée à se regarder. Elle avait aimé ce qu'elle voyait. Elle avait cru que lui aussi.

— Je peux partir si tu veux.

Non, elle ne voulait pas. C'était cela, le pire. Elle essayait de l'oublier, et il débarquait chez elle à l'improviste ! Il la ramenait deux mois en arrière. À quoi jouait-il ? Elle l'invita malgré tout à entrer. L'espace parut rétrécir autour de son imposante stature. Il déposa ses chaussures dans l'entrée et la suivit dans la cuisine, où elle prépara du thé. Elle s'en servit une tasse, mais il déclina celle qu'elle lui offrait.

— Je pensais que tu serais rentrée à Easton Hall...

— Je ne m'y sens plus chez moi, répondit-elle en sirotant son thé chaud, appuyée contre le plan de travail.

— Tu as le droit d'y habiter.

— Vraiment ? N'es-tu pas soulagé que je sois ici au lieu d'exercer mon droit de résidence ?

Il passa une main dans ses cheveux.

— J'ai des choses à te dire…

— Dans ce cas, assieds-toi. Ne reste pas planté là.

Elle s'en voulait d'être aussi sèche. Mais le revoir remuait le couteau dans la plaie. Elle avait cru en lui. Elle pensait que c'était réciproque. Peut-être était-ce son plus grand défaut. Elle cherchait chez les autres ce qu'elle-même n'avait pas su cultiver chez elle. Elle attendait trop de lui. En réalité, il était juste humain. Comme elle.

Il tira une chaise et s'assit. Elle l'imita.

— Les revendications de la famille sur Easton Hall…

Louisa se raidit. Avaient-ils contesté le testament ? Matteo allait-il outrepasser sa volonté et rendre public ce qui lui était arrivé ? Son ventre se noua. Elle s'était résignée à des années de litige, sans garantie de résultat. Matteo n'hésiterait pas à faire durer la procédure pour nuire au maximum aux Bainbridge. Où vivrait-elle pendant ce temps ? Tout cela l'épuisait d'avance. C'était si dérisoire.

— C'est terminé, Lulu.

Son pouls s'accéléra. Elle posa sa tasse sur la table.

— Que veux-tu dire ?

Son regard happa le sien, toujours aussi pénétrant.

— Je voulais que tu saches que tout risque est écarté.

Elle enleva ses lunettes et les posa sur son carnet ouvert.

— Qu'as-tu fait, Matteo ?

Ses yeux bruns tombèrent sur le Prince Crapaud qu'elle avait esquissé. Un imperceptible sourire voltigea sur ses lèvres. L'espace de quelques secondes, il parut être ailleurs, avant de reporter son attention sur elle.

— Ta maison est sauve. Personne ne pourra plus te l'enlever.

Louisa le fixait, bouche bée. Les mains serrées autour de sa tasse. Ses longs cheveux roux ondulaient librement sur ses épaules. Elle était encore plus belle que dans son souvenir. Elle semblait avoir changé sa façon de vivre. Ces changements lui réussissaient. Mrs Fancutt, lorsqu'il l'avait appelée pour s'enquérir de la situation à Easton Hall, l'avait félicité. Louisa s'était épanouie, avait-elle déclaré. Mae s'en réjouirait. C'était grâce à lui.

Elle se trompait. Il n'avait fait que la blesser. Il n'était pour rien dans l'épanouissement de Louisa. Elle ne le devait qu'à elle-même. Tout le monde l'avait sous-estimée. Elle avait si bien dissimulé son passé que personne ne mesurait la force qu'elle avait dû mobiliser pour survivre. À présent, elle le toisait avec froideur. Il méritait son mépris. Une dureté nouvelle émanait d'elle. Par sa faute ? Il s'en voudrait de l'avoir rendue cynique. Il l'avait déçue, c'était certain. Et sa déception était la plus cuisante des punitions, car son approbation comptait pour lui. Il en avait besoin. Mais c'était son amour qu'il voulait par-dessus tout. Un amour qu'elle lui avait offert sans condition et qu'il avait froidement rejeté.

— Comment t'y es-tu pris ? questionna-t-elle.

— Le pourquoi est sans doute plus important.

— Ce n'est pas ce que j'ai demandé.

Touché. La rebuffade était justifiée. Elle réclamait des réponses, et il était là pour les lui apporter. Il était venu implorer son pardon et la supplier de lui donner une seconde chance. Il voulait qu'elle sache qu'il la chérirait toute sa vie si son offre tenait toujours.

— Tu veux dire, comment les ai-je incités à renoncer à leur action en justice ?

Il haussa les épaules.

— Je leur ai proposé de l'argent.

Beaucoup d'argent. Mais ce n'était rien à côté de ce que lui avait fait perdre son désir acharné de vengeance.

— Cela a dû être un coup dur pour toi.

Moins que la regarder s'en aller et attendre désespérément son retour, seulement pour se rendre compte qu'elle ne reviendrait pas.

— Ce n'est que de l'argent, dit-il. Ils prenaient de grands airs avec leurs menaces. J'en ai fait autant. J'ai enquêté sur leurs actions philanthropiques, sans trouver aucune preuve contre eux. Juste des rumeurs, des soupçons, des chiffres qui ne tiennent pas debout. Je les ai avertis que je gardais un œil sur eux et qu'ils pouvaient utiliser ces fonds pour rectifier certaines… « anomalies » dans leurs comptes. Ils semblent avoir suivi mon conseil.

Même sans preuves solides, il avait lu la peur dans leurs yeux. Mais il les connaissait. Ils ne retiendraient pas la leçon. Un jour, ils commettraient le faux pas de trop, et son argent ne serait pas là pour leur sauver la mise. Ils finiraient par se faire pincer. Il en avait terminé avec eux. Sa haine avait assez gâché sa vie. L'amour était sa nouvelle priorité.

— Est-ce tout ce que tu avais à me dire ?

Ce n'en était même pas une fraction. Il voulait lui dire que sa vie n'avait aucun sens sans elle. Que tout ce qui l'avait fait avancer jusque-là, tout ce vers quoi il tendait s'était désintégré à la seconde où elle l'avait quitté. Il voulait avouer qu'il se trompait, que ce n'était pas elle, mais lui qui était enlisé dans le passé. Plus que tout, il voulait qu'elle sache que jamais il ne la chasserait de chez elle.

— Les travaux d'Easton Hall se poursuivent, annonça-t-il. Quoi que tu demandes, ce sera fait. Tu y seras toujours chez toi, Lulu. Tout ce que je veux, c'est que tu sois heureuse.

Louisa se leva. Elle ne tenait pas en place. Elle avait besoin de bouger. Quelques mois plus tôt, cela aurait été tout ce dont elle rêvait. Mais, auprès de Matteo, elle avait découvert la passion. L'amour. Elle avait changé, et ses rêves aussi.

— Et si je n'ai pas envie de vivre là-bas ?

— Rien ne t'y oblige, assura-t-il. Grâce à l'héritage de Mae, tu es riche. Mais, comme tu me l'as rappelé, Easton Hall est ta maison. Tu en mérites une part. Si tu choisis de t'en aller, je te dédommagerai en fonction de la valeur de ton droit de résidence. Tu pourras t'installer où tu veux.

Où elle voulait ? C'était cela, le problème. Que voulait-elle vraiment ? Elle tourna la tête vers la fenêtre. La Villa Arcadia se dressait au loin, de l'autre côté du lac. Elle avait tellement à dire qu'elle ne savait par où commencer. Peut-être par la critique qui l'avait le plus blessée ?

— Tu m'as dit que je ne m'en sortirais jamais toute seule.

Une chaise racla le sol. Un frisson familier lui parcourut l'échine. Elle n'avait pas besoin de se retourner pour savoir qu'il était quelques pas derrière elle.

— J'avais tort. Tu t'en sors à merveille. Mieux, tu t'es épanouie.

Là, c'était peut-être un peu exagéré.

— Qu'en sais-tu ? répliqua-t-elle.

Son petit rire balaya son dos.

— Tu crois que je ne t'ai pas cherchée après ton départ ? J'avais besoin d'être sûr que tu allais bien. J'ai appris que tu avais quitté une *pensione* dans le village voisin. J'ai appelé Mrs Fancutt, qui m'a confirmé que tu étais toujours en Italie. Pour finir, je t'ai trouvée ici.

Le cœur de Louisa battait la chamade. Elle croyait qu'il se moquait de ce qu'elle devenait. Qu'il était passé à autre chose. Et voilà qu'il lui avouait qu'il avait gardé un œil sur elle tout ce temps ! Il savait qu'elle était là, de l'autre côté du lac. Alors pourquoi celui-ci lui faisait-il toujours l'effet d'un océan infranchissable ?

Elle pivota sur ses talons, au bord des larmes.

— Tu m'as fait du mal, Matteo. Tu m'as traitée comme si j'étais spéciale, avant de me rejeter parce que ta vengeance passait avant tout.

Il avança d'un pas, s'arrêta. L'air incertain.

— Je ne m'appesantis jamais sur mes erreurs, admit-il. J'ai vécu une vie sans regrets, les yeux sur mon objectif. Mais crois-moi,

Lulu, j'ai regretté chaque mot de notre dernière conversation. Je l'ai ressassée en boucle en rêvant de pouvoir revenir en arrière. J'ai compris que tout ce que je visais, la fortune, la réussite, était vide de sens sans toi dans ma vie.

Louisa retint son souffle.

— Qu'es-tu en train de me dire ?

— Je ne peux pas changer le passé qui m'a façonné. Mais je peux décider de mon futur. En prétendant m'être résigné à ne jamais trouver ma famille biologique, je me mentais à moi-même. Tu avais raison. Je cherchais quelque chose qui n'a jamais vraiment existé. Mais j'ai arrêté.

— Je ne comprends pas...

— Je ne croyais pas qu'on puisse m'aimer, continua-t-il. Je me disais que, toi aussi, tu finirais par me quitter. Alors je t'ai repoussée pour me protéger. Mais j'ai réalisé une chose... Que tu partes de toi-même ou que je te repousse, ton absence laissait le même vide. Je cherchais une famille sans voir celle qui se trouvait sous mes yeux. Quand je l'ai enfin compris, tout est devenu simple. C'est toi que je veux, Lulu. Je t'aime.

Louisa s'appuya contre le plan de travail pour ne pas tomber à la renverse. Était-elle en train de rêver ?

— Tu m'aimes ?

— De tout mon cœur.

Il s'avança vers elle.

— Tu as dit que je cherchais mon Arcadie. Quand tu es partie, j'ai enfin réalisé que chez moi n'était pas un endroit.

Il parlait de « chez lui » maintenant ? Où était passé l'homme qui sillonnait le monde sans repos ?

— Tu veux t'installer à Easton Hall avec moi ?

Il était si proche qu'elle devait pencher la tête en arrière pour le regarder. L'homme inflexible de leur dernière confrontation avait disparu. Ses yeux bruns débordaient de tendresse. Elle retrouvait enfin Matty.

— As-tu manqué le moment où je te déclarais mon amour ?

Elle laissa échapper un petit rire.

— Non, j'ai bien saisi cette partie-là.

— C'est *toi* mon chez-moi, Lulu. Là où tu vas, je vais aussi. Ma place est avec toi. Tout ce que je veux est t'entendre me dire que tu m'aimes toujours. Mais, si j'ai perdu ta confiance, sache que je me plierai en quatre pour la regagner.

Une bulle de joie éclata dans sa poitrine.

— J'aime bien quand tu te plies en quatre.

Un sourire lui étira le coin des lèvres.

— J'y comptais bien.

— Et si je te disais que je n'ai jamais aimé personne avant ? C'est excitant et un peu effrayant. Je n'ai aucune idée de ce qu'il faut faire.

Il éclata de rire.

— Moi non plus. On apprendra ensemble.

Il lui ouvrit les bras, et elle s'y jeta sans hésiter. Enfin, elle avait retrouvé sa place. Alors qu'elle se blottissait contre lui, son chino humide lui effleura les jambes. Elle fronça les sourcils.

— Pourquoi ton pantalon est-il mouillé ?

— Ah... J'ai traversé le lac en bateau à moteur, mais il n'y avait pas de ponton d'amarrage. J'ai dû marcher dans l'eau jusqu'au rivage.

Le bateau qu'elle avait vu plus tôt, c'était lui ? Si elle le pouvait, elle tomberait encore plus amoureuse. Combien de fois avait-elle contemplé sa villa, juste un point au loin, en se demandant s'il était toujours là et ce qu'il faisait ?

— Regardais-tu ma maison de l'autre côté du lac, Matty ?

— Tous les jours après t'avoir localisée.

Une larme d'émotion roula sur sa joue. Matty l'essuya du pouce.

— Lulu, veux-tu m'épouser ? Je refuse de passer un jour de plus sans toi. Laisse-moi te prouver que nous sommes faits l'un pour l'autre. Oublions les autres et fondons notre propre famille.

— Tu n’as rien à me prouver, Matty. Je t’aime, alors c’est oui. C’est aussi simple que cela.

Il pencha la tête et pressa un baiser sur ses lèvres.

— Je ne connais pas de meilleure raison au monde.

Épilogue

Matty entraîna Lulu par la main sur le sable blanc. Il avait fait privatiser son hôtel des îles Whitsunday le temps de leur séjour. Aujourd'hui marquait leur deuxième anniversaire de mariage, qu'ils fêtaient en revisitant leur destination de lune de miel où il lui avait fait découvrir sa première plage.

— Où m'emmènes-tu ? demanda-t-elle.

Lulu était sublime dans une robe caftan de la couleur du ciel vespéral. Ses cheveux lâchés flamboyaient au soleil couchant.

— J'ai une surprise pour toi.

Elle sourit. Il n'aurait jamais cru qu'elle puisse être plus belle que le jour de leur mariage à leur villa du lac de Côme, debout sous une arche de roses dans sa splendide robe ancienne. Mais il se trompait. Chaque jour qui passait l'embellissait davantage, comme si elle renaissait chaque matin pour lui, plus magnifique que la veille.

— Je n'ai pas besoin de surprises. Tu me suffis.

Elle tourna la tête vers lui, ses beaux yeux verts brillants d'amour et de tendresse. Elle aussi lui suffisait. Matty était comblé. Il ne manquait de rien avec Lulu à ses côtés.

Depuis leur mariage, ils sillonnaient la planète à la poursuite de l'été. Ils visitaient ses divers hôtels et ses propriétés. Mais il n'y avait que deux endroits au monde où ils se sentaient chez eux : Easton Hall et la Villa Arcadia. Deux havres de plaisir et d'innocence, où tous les rêves se réalisaient.

Il nota le rouge aux joues de Lulu. Ses pupilles dilatées. Ses lèvres entrouvertes. Le désir fusa dans ses veines. D'accord, peut-être plus de plaisir que d'innocence. Matty ne s'en plaignait pas. Leur vie hédoniste était la plus merveilleuse des aventures au quotidien.

Mais l'aventure ne s'arrêtait pas là. Encouragée par son soutien, Lulu avait fini par soumettre à un éditeur ses histoires illustrées sur leur été à Easton Hall. Elle ajouterait bientôt le statut d'autrice à son CV avec la publication de sa propre série de livres pour enfants. Matty était incroyablement fier de sa réussite. Lulu ne cessait de l'impressionner par sa capacité à grandir sans cesse et à aller de l'avant.

Il serra sa main dans la sienne.

— À quoi penses-tu ? demanda-t-elle.

À quoi il pensait ? À sa hâte de lui montrer ce qu'il avait organisé. Elle avait beau répéter ne pas en avoir besoin, il adorait la surprendre. C'était sa façon de la remercier de lui avoir donné ce qu'il s'épuisait à chercher sans le savoir.

— Je pense que chaque jour avec toi est le plus heureux de ma vie.

Elle fit mine de se pâmer.

— Tu vas me faire rougir... Oh ! mon Dieu, Matty, c'est magnifique !

Ils venaient d'arriver à sa surprise : une tente ouverte sur la plage, entourée de torches. Le décor idéal pour admirer la tombée de la nuit. Des couvertures sur le sable, agrémentées de nombreux coussins, invitaient à se relaxer. Un panier garni les attendait, accompagné de champagne. Tout ce qu'il fallait pour célébrer l'amour qu'il portait à Lulu.

— Tu as préparé tout cela pour moi ?

— Un pique-nique romantique en tête à tête. J'ai donné congé au personnel.

Personne ne les dérangerait. Ils étaient seuls au monde, échoués ensemble sur cette île. Ils entrèrent sous la tente et s'installèrent sur les coussins, au son de la mer lapant le rivage devant eux. Matty ouvrit le champagne et en emplit deux flûtes.

— À nous, dit-il en levant la sienne. Joyeux anniversaire, Mrs Bainbridge.

— Joyeux anniversaire, Mr Bainbridge, répondit Lulu.

Ce nom autrefois honni avait perdu toute emprise sur lui. Ce n'était qu'un nom, pas ce qui le définissait. Le nom qu'il partageait avec Lulu. Le nom de sa sœur aussi. Les deux personnes qu'il aimait le plus au monde. Avec autant d'amour dans sa vie, il n'y avait plus de place pour la négativité.

Lulu contemplait la mer, dont le bleu se fondait dans le violet du ciel à mesure qu'il s'assombrissait. Elle but une gorgée de champagne et posa sa flûte.

— Cela va être difficile de partir d'ici…

— Où veux-tu aller ensuite ?

Elle sourit.

— Peu importe, tant que je suis avec toi.

Le cœur de Matty enfla dans sa poitrine. Il finit sa flûte et se pencha pour l'embrasser. Les mains de Lulu se faufilèrent sous sa chemise. Il approfondit leur baiser en l'allongeant sur les coussins.

— Est-ce une invitation à sauter le dîner ?

— Je croyais que c'était ton idée, répliqua-t-elle du tac au tac.

— Alors le pique-nique peut attendre.

— Je me disais…

Elle se mordit la lèvre.

— Oui ? souffla-t-il en butinant sa lèvre inférieure.

— Que dirais-tu de faire un bébé ?

Matty s'immobilisa. Ils avaient parlé de fonder une famille. Ils voulaient tous les deux des enfants, mais…

— Maintenant ?

— Si tu en as envie…

— Avec toi, je veux tout, affirma-t-il, la voix enrouée par l'émotion.

Il lui caressa un sein, sentit sa pointe se tendre sous le fin tissu.

— Portes-tu quelque chose là-dessous ?

— Non.

Son sourire mutin embrasa son désir. En un tournemain, il l'avait débarrassée de sa robe. Elle gisait nue sur les coussins, un bras indolent jeté au-dessus de la tête. Les flammes des torches peignaient des ombres mouvantes sur son corps ambré.

— Je vois que tu avais tout prévu.

Elle rit et s'attaqua à sa chemise. Il l'aida en enlevant le reste de ses vêtements, jusqu'à être entièrement nu lui aussi. La brise marine caressait sa peau brûlante. La réalité s'effaça. Eux seuls existaient au monde.

— J'ai besoin de toi.

— Moi aussi, souffla-t-elle. Maintenant. Ne me fais pas languir.

Pas besoin de le lui dire deux fois. À peine se glissait-il entre ses cuisses qu'elle l'accueillit en elle en se cambrant. Leurs corps soudés se mouvaient à l'unisson. Ils ne faisaient plus qu'un dans une étreinte enflammée qui allait crescendo. Le crépuscule résonnait de leurs cris de plaisir. L'extase les emporta ensemble, et ils retombèrent, à bout de souffle, dans les bras l'un de l'autre. Le même sentiment qu'à son mariage envahit Matty.

Ce jour était le premier du reste de leur vie.

Alors qu'ils revenaient à la réalité, Matty admira sa femme, égarée et repue, les lèvres rougies par ses baisers.

— Chaque jour, tu fais de moi le plus heureux des hommes, Lulu. Mon cœur ne bat que pour toi.

— Et le mien t'appartient. Je t'aime, Matty.

Il avait hâte de vivre avec elle leurs prochaines aventures. Pour le meilleur et pour le pire. Rien ne viendrait jamais les séparer.

Elle attira son visage vers le sien.

— Tu m'as fait découvrir le monde, murmura-t-elle contre ses lèvres.

— Et tu m'as ramené à la maison.

Il l'embrassa avec passion. Il était exactement là où il voulait être. Chez lui, avec la femme qu'il aimait.